Quando fui outro

Fernando Pessoa

Devo tomar
qualquer coisa ou
suicidar-me?
Não: vou existir.
Arre! Vou existir.
E-xis-tir...
E--xis--tir...

O homem que tinha urgência de viver

Era outono e azul quando apresentei-me a Fernando Pessoa. Recostado num sofá de napa amarela, a tarde mergulhada no para-sempre de Cataguases, suas palavras grudaram, chicletes no cabelo. Adveio ânsia, febre, sede de estabelecer-me no mundo: tornamo-nos íntimos. Sucederam-se os dias, as paisagens, os rostos, e cresceu em mim a convicção de que, mais que poeta, convivia com um grande ficcionista. Tão original que, a criar personagens em romances, preferiu dotá-los de nome, biografia, autonomia, personalidade – e chamou-os "heterônimos". Espraiado em cada um deles, as contradições, as excentricidades, os inconfessáveis desejos. Mas, como nos pais já estão engendradas as marcas indeléveis do filho, para Pessoa confluem todas as nossas inquietudes.

Sempre imaginei como seria abordá-lo pela manhã, antes de, lavado o rosto, estabelecer-se à frente do espelho para escolher a máscara com que enfrentaria o mundo. Ouso dizer que *Quando fui outro* tem essa pretensão: espiar o homem em sua vida verdadeira, "que é a que sonhamos na infância, / E que continuamos sonhando, adultos, num substrato de névoa". Pessoa desvestido de seus heterônimos. Insuflado por Isa Pessôa, que traz no próprio nome a sina, aceitei o desafio e o que se desdobra daqui para a frente é leitura pessoal, arriscada e perigosa, como é a vida. Os especialistas que autopsiaram-no em milhares de artigos, e os antologistas que recortaram-no em diversos temas, devem se indignar – mas esse é um livro para apaixonados e os apaixonados cegam-nos a beleza e é beleza que ofereço.

Dificuldade, se houve – e houve –, foi limitar-me a um número específico de textos, pois que tropeçamos a todo momento em versos, frases e imagens únicas espalhadas por mais de 25 mil originais em português, inglês e francês, escritos sob uma dezena de heterônimos, tratando assuntos os mais díspares, comércio e religião, maçonaria e astrologia, teoria literária e história, estética e gramática, filosofia e política. Profusão de interesses que denota a desesperada tentativa de compreender o homem em sua totalidade. Para dedicar-se a essa investigação, no entanto, Pessoa teve que renunciar às "ficções sociais" – até mesmo à felicidade pessoal, como explica a Ophélia Queiroz, talvez a única mulher que tenha amado: "a minha vida gira em torno da minha obra literária – boa ou má, que seja, ou possa ser. Tudo o mais na vida tem para mim um interesse secundário"[1].

Reunindo poemas, fragmentos do "romance sem ação" *Livro do Desassossego*, ensaios e cartas, *Quando fui outro* ressalta a impressionante unidade temática da obra de Pessoa – este sentir-se "estrangeiro aqui como em toda parte" – e a absoluta simbiose entre vida e arte, resumida numa frase que é um completo programa estético: "Toda a literatura consiste num esforço para tornar a vida real".

---

1 Pessoa conheceu Ophélia Queiroz em fevereiro de 1920. Em 1º de março iniciam uma troca de correspondência e o namoro. Em outubro, o poeta atravessa uma grave crise psíquica, pensando mesmo em internar-se, até que em 29 de novembro rompe com Ophélia. Nove anos depois, ela escreve a Pessoa agradecendo a foto que o poeta lhe enviara, a seu pedido. Em 11 de setembro de 1929, ele responde e retoma a relação com Ophélia, rompida novamente, e em definitivo, em janeiro de 1930. Em junho de 1935 ela recebe o último telegrama de Pessoa e mais à frente um exemplar autografado de *Mensagem*. Em 1938, casou-se com o teatrólogo Augusto Soares, morrendo em 1991, aos 91 anos. No total, foram 51 cartas destinadas à Ophélia: 36 entre 1º de março e 29 de novembro de 1920; 12 entre 11 de setembro de 1929 e 11de janeiro de 1930; e três sem data).

Negando realidade às aparências, Pessoa nos convida a assumir a plenitude humana, que é enxergar para além, que é olhar para dentro de nós mesmos. Humildemente, aceitemos o convite.

Luiz Ruffato

Tabacaria

Não sou nada.
Nunca serei nada.
Não posso querer ser nada.
À parte isso, tenho em mim todos os sonhos do mundo.

Janelas do meu quarto,
Do meu quarto de um dos milhões do mundo que
　　　　　　　　　　[ninguém sabe quem é
(E se soubessem quem é, o que saberiam?),
Dais para o mistério de uma rua cruzada
　　　　　　　　[constantemente por gente,
Para uma rua inacessível a todos os pensamentos,
Real, impossivelmente real, certa, desconhecidamente
　　　　　　　　　　　　　　　　[certa,
Com o mistério das coisas por baixo das pedras e dos seres,
Com a morte a pôr umidade nas paredes e cabelos
　　　　　　　　　　[brancos nos homens,
Com o Destino a conduzir a carroça de tudo pela
　　　　　　　　　　　[estrada de nada.

Estou hoje vencido, como se soubesse a verdade.
Estou hoje lúcido, como se estivesse para morrer,
E não tivesse mais irmandade com as coisas
Senão uma despedida, tornando-se esta casa e este
　　　　　　　　　　　　　[lado da rua
A fileira de carruagens de um comboio, e uma partida
　　　　　　　　　　　　　　　[apitada
De dentro da minha cabeça,

E uma sacudidela dos meus nervos e um ranger de ossos
[na ida.

Estou hoje perplexo, como quem pensou e achou
[e esqueceu.
Estou hoje dividido entre a lealdade que devo
À Tabacaria do outro lado da rua, como coisa real
[por fora,
E à sensação de que tudo é sonho, como coisa real
[por dentro.

Falhei em tudo.
Como não fiz propósito nenhum, talvez tudo fosse nada.
A aprendizagem que me deram,
Desci dela pela janela das traseiras da casa.
Fui até ao campo com grandes propósitos.
Mas lá encontrei só ervas e árvores,
E quando havia gente era igual à outra.
Saio da janela, sento-me numa cadeira. Em que hei
[de pensar?

Que sei eu do que serei, eu que não sei o que sou?
Ser o que penso? Mas penso ser tanta coisa!
E há tantos que pensam ser a mesma coisa que não
[pode haver tantos!
Gênio? Neste momento
Cem mil cérebros se concebem em sonho gênios como
[eu,
E a história não marcará, quem sabe?, nem um,
Nem haverá senão estrume de tantas conquistas
[futuras.
Não, não creio em mim.

Em todos os manicômios há doidos malucos com
                              [tantas certezas!
Eu, que não tenho nenhuma certeza, sou mais certo ou
                              [menos certo?
Não, nem em mim...
Em quantas mansardas e não mansardas do mundo
Não estão nesta hora gênios-para-si-mesmos sonhando?
Quantas aspirações altas e nobres e lúcidas –
Sim, verdadeiramente altas e nobres e lúcidas –,
E quem sabe se realizáveis,
Nunca verão a luz do sol real nem acharão ouvidos de
                              [gente?
O mundo é para quem nasce para o conquistar
E não para quem sonha que pode conquistá-lo, ainda
                              [que tenha razão.
Tenho sonhado mais que o que Napoleão fez.
Tenho apertado ao peito hipotético mais humanidades
                              [do que Cristo.
Tenho feito filosofias em segredo que nenhum Kant
                              [escreveu.
Mas sou, e talvez serei sempre, o da mansarda,
Ainda que não more nela;
Serei sempre *o que não nasceu para isso*;
Serei sempre só *o que tinha qualidades*;
Serei sempre o que esperou que lhe abrissem a porta
                              [ao pé de uma parede sem porta,
E cantou a cantiga do Infinito numa capoeira,
E ouviu a voz de Deus num poço tapado.
Crer em mim? Não, nem em nada.
Derrame-me a Natureza sobre a cabeça ardente
O seu sol, a sua chuva, o vento que me acha o cabelo,
E o resto que venha se vier, ou tiver que vir, ou não
                              [venha.

Escravos cardíacos das estrelas,
Conquistamos todo o mundo antes de nos levantar da
[cama;
Mas acordamos e ele é opaco,
Levantamo-nos e ele é alheio,
Saímos de casa e ele é a terra inteira,
Mais o sistema solar e a Via Láctea e o Indefinido.

(Come chocolates, pequena;
Come chocolates!
Olha que não há mais metafísica no mundo senão
[chocolates.
Olha que as religiões todas não ensinam mais que a
[confeitaria.
Come, pequena suja, come!
Pudesse eu comer chocolates com a mesma verdade
[com que comes!
Mas eu penso e, ao tirar o papel de prata, que é de
[folha de estanho,
Deito tudo para o chão, como tenho deitado a vida.)

Mas ao menos fica da amargura do que nunca serei
A caligrafia rápida destes versos,
Pórtico partido para o Impossível.
Mas ao menos consagro a mim mesmo um desprezo
[sem lágrimas,
Nobre ao menos no gesto largo com que atiro
A roupa suja que sou, sem rol, pra o decurso das coisas,
E fico em casa sem camisa.

(Tu que consolas, que não existes e por isso consolas,
Ou deusa grega, concebida como estátua que fosse viva,
Ou patrícia romana, impossivelmente nobre e nefasta,

Ou princesa de trovadores, gentilíssima e colorida,
Ou marquesa do século dezoito, decotada e longínqua,
Ou cocote célebre do tempo dos nossos pais,
Ou não sei quê moderno – não concebo bem o quê –,
Tudo isso, seja o que for, que sejas, se pode inspirar
                                        [que inspire!
Meu coração é um balde despejado.
Como os que invocam espíritos invocam espíritos
                                        [invoco
A mim mesmo e não encontro nada.
Chego à janela e vejo a rua com uma nitidez absoluta.
Vejo as lojas, vejo os passeios, vejo os carros que passam,
Vejo os entes vivos vestidos que se cruzam,
Vejo os cães que também existem,
E tudo isto me pesa como uma condenação ao degredo,
E tudo isto é estrangeiro, como tudo.)

Vivi, estudei, amei e até cri,
E hoje não há mendigo que eu não inveje só por não
                                        [ser eu.
Olho a cada um os andrajos e as chagas e a mentira,
E penso: talvez nunca vivesses nem estudasses nem
                                        [amasses nem cresses
(Porque é possível fazer a realidade de tudo isso sem
                                        [fazer nada disso);
Talvez tenhas existido apenas, como um lagarto a
                                        [quem cortam o rabo
E que é rabo para aquém do lagarto remexidamente.

Fiz de mim o que não soube,
E o que podia fazer de mim não o fiz.
O dominó que vesti era errado.

Conheceram-me logo por quem não era e não desmenti,
[e perdi-me.
Quando quis tirar a máscara,
Estava pegada à cara.
Quando a tirei e me vi ao espelho,
Já tinha envelhecido.
Estava bêbado, já não sabia vestir o dominó que não
[tinha tirado.
Deitei fora a máscara e dormi no vestiário
Como um cão tolerado pela gerência
Por ser inofensivo
E vou escrever esta história para provar que sou sublime.

Essência musical dos meus versos inúteis,
Quem me dera encontrar-te como coisa que eu fizesse,
E não ficasse sempre defronte da Tabacaria de defronte,
Calcando os pés a consciência de estar existindo,
Como um tapete em que um bêbado tropeça
Ou um capacho que os ciganos roubaram e não valia
[nada.

Mas o Dono da Tabacaria chegou à porta e ficou à
[porta.
Olho-o com o desconforto da cabeça malvoltada
E com o desconforto da alma mal-entendendo.
Ele morrerá e eu morrerei.
Ele deixará a tabuleta, eu deixarei versos.
A certa altura morrerá a tabuleta também, e os versos
[também.
Depois de certa altura morrerá a rua onde esteve a
[tabuleta,
E a língua em que foram escritos os versos.

Morrerá depois o planeta girante em que tudo isto se
                                        [deu.
Em outros satélites de outros sistemas qualquer coisa
                                        [como gente
Continuará fazendo coisas como versos e vivendo por
                        [baixo de coisas como tabuletas,
Sempre uma coisa defronte da outra,
Sempre uma coisa tão inútil como a outra,
Sempre o impossível tão estúpido como o real,
Sempre o mistério do fundo tão certo como o sono de
                                [mistério da superfície,
Sempre isto ou sempre outra coisa ou nem uma coisa
                                        [nem outra.

Mas um homem entrou na Tabacaria (para comprar
                                        [tabaco?)
E a realidade plausível cai de repente em cima de mim.
Semiergo-me enérgico, convencido, humano,
E vou tencionar escrever estes versos em que digo o
                                        [contrário.

Acendo um cigarro ao pensar em escrevê-los
E saboreio no cigarro a libertação de todos os
                                        [pensamentos.
Sigo o fumo como uma rota própria,
E gozo, num momento sensitivo e competente,
A libertação de todas as especulações
E a consciência de que a metafísica é uma consequência
                                [de estar maldisposto.

Depois deito-me para trás na cadeira
E continuo fumando.
Enquanto o Destino mo conceder, continuarei fumando.

(Se eu casasse com a filha da minha lavadeira
Talvez fosse feliz.)
Visto isto, levanto-me da cadeira. Vou à janela.

O homem saiu da Tabacaria (metendo troco na
 [algibeira das calças?).
Ah, conheço-o; é o Esteves sem metafísica.
(O Dono da Tabacaria chegou à porta.)
Como por um instinto divino o Esteves voltou-se e
 [viu-me.
Acenou-me adeus, gritei-lhe *Adeus ó Esteves!*, e o
 [universo
Reconstruiu-se-me sem ideal nem esperança, e o Dono
 [da Tabacaria sorriu.

Que espécie de homem sou

É necessário agora que eu diga que espécie de homem sou. Meu nome, não importa, nem qualquer outro pormenor exterior meu próprio. Devo falar de meu caráter.

A constituição inteira de meu espírito é de hesitação e de dúvida. Nada é ou pode ser positivo para mim; todas as coisas oscilam em torno de mim, e, com elas, uma incerteza para comigo mesmo. Tudo para mim é incoerência e mudança. Tudo é mistério e tudo está cheio de significado. Todas as coisas são "desconhecidas", simbólicas do Desconhecido. Em consequência, o horror, o mistério, o medo por demais inteligente.

Pelas minhas próprias tendências naturais, pelo ambiente que me cercou a infância, pela influência dos estudos realizados sob o impulso delas (dessas mesmas tendências), por tudo isto meu caráter é da espécie interiorizada, concentrada, muda, não autossuficiente, mas perdida em si mesma. Toda a minha vida tem sido de passividade e de sonho. Todo o meu caráter consiste no ódio, no horror, na incapacidade que invade tudo quanto em mim existe, física e mentalmente, para atos decisivos, para pensamentos definidos. Nunca tive uma decisão nascida de um autocomando, nunca uma denúncia exterior de uma vontade consciente. Todos os meus escritos ficaram inacabados; sempre novos pensamentos se interpunham, associações de ideias extraordinárias e inexcluíveis, de término infinito. Não posso evitar o ódio que têm meus pensamentos de ir até o fim; a respeito de uma simples coisa, surgem dez mil pensamentos e milhares de interassociações com esses dez mil pensamentos e careço de vontade de eliminá-los ou detê-los, nem tampouco de reuni-los num pensamento central, onde os seus pormenores sem importância mas associados podem-se perder. Introduzem-se em mim; não são pensamentos meus, mas pensamentos que passam através de mim. Não pondero, sonho; não me sinto inspirado, deliro. Sei pintar, mas nunca pintei; sei compor música, mas nunca compus. Estranhas concepções em três artes, amáveis afagos de imaginação acariciam meu cérebro; mas deixo-os ali dormitar até que morram, pois não tenho poder de corporificá-los, de torná-los coisas do mundo exterior.

    O caráter de minha mente é tal que odeio os começos e os fins das coisas, porque são pontos definidos. Aflige-me a ideia de que se descubra uma solução para os mais altos e mais nobres problemas de ciência e filosofia; horroriza-me a ideia de que uma coisa qualquer possa ser determinada por Deus ou pelo mundo. Enlouquece-me a ideia de que as coisas mais momentosas possam realizar-se, de que os homens pudessem todos ser felizes um dia, de que se encontrasse uma solução para os males da sociedade, mas nas suas concepções. Contudo não sou mau nem cruel; sou louco e isso dum modo difícil de conceber.

    Embora tenha sido um leitor voraz e ardente, não me lembro contudo de nenhum livro que tenha lido a tal ponto eram minhas leituras estados de minha própria mente, sonhos meus, e mais ainda provocações de sonhos. Minha própria recordação de acontecimentos, de coisas exteriores, é vaga, mais do que incoerente. Estremeço ao pensar quão conservo em mente do que tem sido minha vida passada. Eu, o homem que afirma que o hoje é um sonho, sou menos do que uma coisa de hoje.

Poema em linha reta

Nunca conheci quem tivesse levado porrada.
Todos os meus conhecidos têm sido campeões em tudo.

E eu, tantas vezes reles, tantas vezes porco, tantas vezes vil,
Eu tantas vezes irrespondivelmente parasita,
Indesculpavelmente sujo,
Eu, que tantas vezes não tenho tido paciência para
                                      [tomar banho,
Eu que tantas vezes tenho sido ridículo, absurdo,
Que tenho enrolado os pés publicamente nos tapetes
                                      [das etiquetas,
Que tenho sido grotesco, mesquinho, submisso e
                                      [arrogante,
Que tenho sofrido enxovalhos e calado,
Que quando não tenho calado, tenho sido mais
                                      [ridículo ainda;
Eu, que tenho sido cômico às criadas de hotel,
Eu, que tenho sentido o piscar de olhos dos moços de
                                        [fretes,
Eu que tenho feito vergonhas financeiras, pedido
                                  [emprestado sem pagar,
Eu, que, quando a hora do soco surgiu, me tenho
                                      [agachado
Para fora da possibilidade do soco;
Eu, que tenho sofrido a angústia das pequenas coisas
                                      [ridículas,
Eu verifico que não tenho par nisto tudo neste mundo.

Toda a gente que eu conheço e que fala comigo
Nunca teve um ato ridículo, nunca sofreu um
                              [enxovalho,
Nunca foi senão príncipe – todos eles príncipes – na
                                    [vida...

Quem me dera ouvir de alguém a voz humana
Que confessasse não um pecado, mas uma infâmia;
Que contasse, não uma violência, mas uma cobardia!
Não, são todos o Ideal, se os oiço e me falam.
Quem há neste largo mundo que me confesse que uma
                                      [vez foi vil?
Ó príncipes, meus irmãos.

Arre, estou farto de semideuses!
Onde é que há gente no mundo?

Então sou só eu que é vil e errôneo nesta terra?

Poderão as mulheres não os terem amado,
Podem ter sido traídos – mas ridículos nunca!
E eu, que tenho sido ridículo sem ter sido traído,
Como posso eu falar com os meus superiores sem
                                      [titubear?
Eu, que tenho sido vil, literalmente vil,
Vil no sentido mesquinho e infame da vileza.

Cruzou por mim, veio ter comigo, numa rua da Baixa

Cruzou por mim, veio ter comigo, numa rua da Baixa
Aquele homem malvestido, pedinte por profissão que
                        [se lhe vê na cara,
Que simpatiza comigo e eu simpatizo com ele;
E reciprocamente, num gesto largo, transbordante,
                        [dei-lhe tudo quanto tinha
(Exceto, naturalmente, o que estava na algibeira onde
                        [trago mais dinheiro:
Não sou parvo nem romancista russo, aplicado,
E romantismo, sim, mas devagar...).

Sinto uma simpatia por essa gente toda,
Sobretudo quando não merece simpatia.
Sim, eu sou também vadio e pedinte,
E sou-o também por minha culpa.
Ser vadio e pedinte não é ser vadio e pedinte:
É estar ao lado da escala social,
É não ser adaptável às normas da vida,
Às normas reais ou sentimentais da vida –
Não ser Juiz do Supremo, empregado certo, prostituta,
Não ser pobre a valer, operário explorado,
Não ser doente de uma doença incurável,
Não ser sedento da justiça, ou capitão de cavalaria,
Não ser, enfim, aquelas pessoas sociais dos novelistas
Que se fartam de letras porque têm razão para chorar
                        [lágrimas,

E se revoltam contra a vida social porque têm razão
                              [para isso supor.

Não: tudo menos ter razão!
Tudo menos importar-me com a Humanidade!
Tudo menos ceder ao humanitarismo!
De que serve uma sensação se há uma razão exterior
                                      [para ela?

Sim, ser vadio e pedinte, como eu sou,
Não é ser vadio e pedinte, o que é corrente:
É ser isolado na alma, e isso é que é ser vadio,
É ter que pedir aos dias que passem, e nos deixem, e
                        [isso é que é ser pedinte.

Tudo o mais é estúpido como um Dostoiévski ou um
                                         [Gorki.
Tudo o mais é ter fome ou não ter que vestir.
E, mesmo que isso aconteça, isso acontece a tanta gente
Que nem vale a pena ter pena da gente a quem isso
                                       [acontece.

Sou vadio e pedinte a valer, isto é, no sentido translato,
E estou-me rebolando numa grande caridade por mim.

Coitado do Álvaro de Campos!
Tão isolado na vida! Tão deprimido nas sensações!
Coitado dele, enfiado na poltrona da sua melancolia!
Coitado dele, que com lágrimas (autênticas) nos olhos,
Deu hoje, num gesto largo, liberal e moscovita,
Tudo quanto tinha, na algibeira em que tinha pouco,
                                        [àquele

Pobre que não era pobre, que tinha olhos tristes por
                                                        [profissão.

Coitado do Álvaro de Campos, com quem ninguém se
                                                     [importa!
Coitado dele que tem tanta pena de si mesmo!

E, sim, coitado dele!
Mais coitado dele que de muitos que são vadios e
                                                      [vadiam,
Que são pedintes e pedem,
Porque a alma humana é um abismo.

Eu é que sei. Coitado dele!

Que bom poder-me revoltar num comício dentro de
                                                    [minha alma!
Mas até nem parvo sou!
Nem tenho a defesa de poder ter opiniões sociais.
Não tenho, mesmo, defesa nenhuma: sou lúcido.

Não me queiram converter a convicção: sou lúcido!

Já disse: sou lúcido.
Nada de estéticas com coração: sou lúcido.
Merda! Sou lúcido.

Sou um doido
que estranha a sua
própria alma

Autopsicografia

O poeta é um fingidor.
Finge tão completamente
Que chega a fingir que é dor
A dor que deveras sente.

E os que leem o que escreve,
Na dor lida sentem bem,
Não as duas que ele teve,
Mas só a que eles não têm.

E assim nas calhas de roda
Gira, a entreter a razão,
Esse comboio de corda
Que se chama coração.

A MAIORIA DA GENTE ENFERMA

A maioria da gente enferma de não saber dizer o que vê e o que pensa. Dizem que não há nada mais difícil do que definir em palavras uma espiral: é preciso, dizem, fazer no ar, com a mão sem literatura, o gesto, ascendentemente enrolado em ordem, com que aquela figura abstrata das molas ou de certas escadas se manifesta aos olhos. Mas, desde que nos lembremos que dizer é renovar, definiremos sem dificuldade uma espiral: é um círculo que sobe sem nunca conseguir acabar-se. A maioria da gente, sei bem, não ousaria definir assim, porque supõe que definir é dizer o que os outros querem que se diga, que não o que é preciso dizer para definir. Direi melhor: uma espiral é um círculo virtual que se desdobra a subir sem nunca se realizar. Mas não, a definição ainda é abstrata. Buscarei o concreto, e tudo será visto: uma espiral é uma cobra sem cobra enroscada verticalmente em coisa nenhuma.

Toda a literatura consiste num esforço para tornar a vida real. Como todos sabem, ainda quando agem sem saber, a vida é absolutamente irreal, na sua realidade direta; os campos, as cidades, as ideias, são coisas absolutamente fictícias, filhas da nossa complexa sensação de nós mesmos. São intransmissíveis todas as impressões salvo se as tornarmos literárias. As crianças são muito literárias porque dizem como sentem e não como deve sentir quem sente segundo outra pessoa. Uma criança, que uma vez ouvi, disse, querendo dizer que estava à beira de chorar, não "Tenho vontade de chorar", que é como diria um adulto, isto é, um estúpido, senão isto: "Tenho vontade de lágrimas". E esta frase, absolutamente literária, a ponto de que seria afetada num poeta célebre, se ele a pudesse dizer, refere resolutamente a presença quente das lágrimas a romper das pálpebras conscientes da amargura líquida. "Tenho vontade de lágrimas"! Aquela criança pequena definiu bem a sua espiral.

    Dizer! Saber dizer! Saber existir pela voz escrita e a imagem intelectual! Tudo isto é quanto a vida vale: o mais é homens e mulheres, amores supostos e vaidades factícias, subterfúgios da digestão e do esquecimento, gentes remexendo-se, como bichos quando se levanta uma pedra, sob o grande pedregulho abstrato do céu azul sem sentido.

Gato que brincas na rua

Gato que brincas na rua
Como se fosse na cama,
Invejo a sorte que é tua
Porque nem sorte se chama.

Bom servo das leis fatais
Que regem pedras e gentes,
Que tens instintos gerais
E sentes só o que sentes.

És feliz porque és assim,
Todo o nada que és é teu.
Eu vejo-me e estou sem mim,
Conheço-me e não sou eu.

DATILOGRAFIA

Traço sozinho, no meu cubículo de engenheiro, o plano,
Firmo o projeto, aqui isolado,
Remoto até de quem eu sou.

Ao lado, acompanhamento banalmente sinistro,
O tique-taque estalado das máquinas de escrever.
Que náusea da vida!
Que abjeção esta regularidade!
Que sono este ser assim!

Outrora, quando fui outro, eram castelos e cavaleiros
(Ilustrações, talvez, de qualquer livro de infância),
Outrora, quando fui verdadeiro ao meu sonho,
Eram grandes paisagens do Norte, explícitas de neve,
Eram grandes palmares do Sul, opulentos de verdes.

Outrora.

Ao lado, acompanhamento banalmente sinistro,
O tique-taque estalado das máquinas de escrever.

Temos todos duas vidas:
A verdadeira, que é a que sonhamos na infância,
E que continuamos sonhando, adultos, num substrato
                                    [de névoa;
A falsa, que é a que vivemos em convivência com outros,
Que é a prática, a útil,
Aquela em que acabam por nos meter num caixão.

Na outra não há caixões, nem mortes,
Há só ilustrações de infância:
Grandes livros coloridos, para ver mas não ler;
Grandes páginas de cores para recordar mais tarde.
Na outra somos nós,
Na outra vivemos;
Nesta morremos, que é o que viver quer dizer;
Neste momento, pela náusea, vivo na outra...

Mas ao lado, acompanhamento banalmente sinistro,
Ergue a voz o tique-taque estalado das máquinas de
                                      [escrever.

Nuvens

Nuvens... Hoje tenho consciência do céu, pois há dias em que o não olho mas sinto, vivendo na cidade e não na natureza que a inclui. Nuvens... São elas hoje a principal realidade, e preocupam-me como se o velar do céu fosse um dos grandes perigos do meu destino. Nuvens... Passam da barra para o Castelo, de ocidente para oriente, num tumulto disperso e despido, branco às vezes, se vão esfarrapadas na vanguarda de não sei quê; meio-negro outras, se, mais lentas, tardam em ser varridas pelo vento audível; negras de um branco sujo, se, como se quisessem ficar, enegrecem mais da vinda que da sombra o que as ruas abrem de falso espaço entre as linhas fechadoras da casaria.
    Nuvens... Existo sem que o saiba e morrerei sem que o queira. Sou o intervalo entre o que sou e o que não sou, entre o que sonho e o que a vida fez de mim, a média abstrata e carnal entre coisas que não são nada, sendo eu nada também. Nuvens... Que desassossego se sinto, que desconforto se penso, que inutilidade se quero! Nuvens... Estão passando sempre, umas muito grandes, parecendo, porque as casas não deixam ver se são menos grandes que parecem, que vão a tomar todo o céu; outras de tamanho incerto, podendo ser duas juntas ou uma que se vai partir em duas, sem sentido no ar alto contra o céu fatigado; outras ainda, pequenas, parecendo brinquedos de poderosas coisas, bolas irregulares de um jogo absurdo, só para um lado, num grande isolamento, frias.

Nuvens... Interrogo-me e desconheço-me. Nada tenho feito de útil nem farei de justificável. Tenho gasto a parte da vida que não perdi em interpretar confusamente coisa nenhuma, fazendo versos em prosa às sensações intransmissíveis com que torno meu o universo incógnito. Estou farto de mim, objetiva e subjetivamente. Estou farto de tudo, e do tudo de tudo. Nuvens... São tudo, desmanchamentos do alto, coisas hoje só elas reais entre a terra nula e o céu que não existe; farrapos indescritíveis do tédio que lhes imponho; névoa condensada em ameaças de cor ausente; algodões de rama sujos de um hospital sem paredes. Nuvens... São como eu, uma passagem desfeita entre o céu e a terra, ao sabor de um impulso invisível, trovejando ou não trovejando, alegrando brancas ou escurecendo negras, ficções do intervalo e do descaminho, longe do ruído da terra e sem ter o silêncio do céu. Nuvens... Continuam passando, continuam sempre passando, passarão sempre continuando, num enrolamento descontínuo de meadas baças, num alongamento difuso de falso céu desfeito.

Deixei atrás os erros do que fui

Deixei atrás os erros do que fui,
Deixei atrás os erros do que quis
E que não pude haver porque a hora flui
E ninguém é exato nem feliz.

Tudo isso como o lixo da viagem
Deixei nas circunstâncias do caminho,
No episódio que fui e na paragem,
No desvio que foi cada vizinho.

Deixei tudo isso, como quem se tapa
Por viajar com uma capa sua,
E a certa altura se desfaz da capa
E atira com a capa para a rua.

Tudo se me evapora

Tudo se me evapora. A minha vida inteira, as minhas recordações, a minha imaginação e o que contém, a minha personalidade, tudo se me evapora. Continuamente sinto que fui outro, que senti outro, que pensei outro. Aquilo a que assisto é um espetáculo com outro cenário. E aquilo a que assisto sou eu.

Encontro às vezes, na confusão vulgar das minhas gavetas literárias, papéis escritos por mim há dez anos, há quinze anos, há mais anos talvez. E muitos deles me parecem de um estranho; desreconheço-me neles. Houve quem os escrevesse, e fui eu. Senti-os eu, mas foi como em outra vida, de que houvesse agora despertado como de um sono alheio.

É frequente eu encontrar coisas escritas por mim quando ainda muito jovem – trechos dos dezessete anos, trechos dos vinte anos. E alguns têm um poder de expressão que me não lembro de poder ter tido nessa altura da vida. Há em certas frases, em vários períodos, de coisas escritas a poucos passos da minha adolescência, que me parecem produto de tal qual sou agora, educado por anos e por coisas. Reconheço que sou o mesmo que era. E, tendo sentido que estou hoje num progresso grande do que fui, pergunto onde está o progresso se então era o mesmo que hoje sou.

Há nisto um mistério que me desvirtua e me oprime.

Ainda há dias sofri uma impressão espantosa com um breve escrito do meu passado. Lembro-me perfeitamente de que o meu escrúpulo, pelo menos relativo, pela linguagem data de há poucos anos. Encontrei numa gaveta um escrito meu, muito mais antigo, em que esse mesmo escrúpulo estava fortemente acentuado. Não me compreendi no passado positivamente. Como avancei para o que já era? Como me conheci hoje o que me desconheci ontem? E tudo se me confunde num labirinto onde, comigo, me extravio de mim.

    Devaneio com o pensamento, e estou certo que isto que escrevo já o escrevi. Recordo. E pergunto ao que em mim presume de ser se não haverá no platonismo das sensações outra anamnese mais inclinada, outra recordação de uma vida anterior que seja apenas desta vida...

    Meu Deus, meu Deus, a quem assisto? Quantos sou? Quem é eu? O que é este intervalo que há entre mim e mim?

Isto

Dizem que finjo ou minto
Tudo que escrevo. Não.
Eu simplesmente sinto
Com a imaginação.
Não uso o coração.

Tudo o que sonho ou passo,
O que me falha ou finda,
É como que um terraço
Sobre outra coisa ainda.
Essa coisa é que é linda.

Por isso escrevo em meio
Do que não está ao pé,
Livre do meu enleio,
Sério do que não é.
Sentir? Sinta quem lê!

Pensar é estar doente dos olhos

Escrito num livro abandonado em viagem

Venho dos lados de Beja.
Vou para o meio de Lisboa.
Não trago nada e não acharei nada.
Tenho o cansaço antecipado do que não acharei,
E a saudade que sinto não é nem no passado nem no
                                      [futuro.
Deixo escrita neste livro a imagem do meu desígnio
                                      [morto:
Fui, como ervas, e não me arrancaram.

Opiário
Ao Senhor Mário de Sá-Carneiro

É antes do ópio que a minh'alma é doente.
Sentir a vida convalesce e estiola
E eu vou buscar ao ópio que consola
Um Oriente ao oriente do Oriente.

Esta vida de bordo há de matar-me.
São dias só de febre na cabeça
E, por mais que procure até que adoeça,
Já não encontro a mola pra adaptar-me.

Em paradoxo e incompetência astral
Eu vivo a vincos de ouro a minha vida,
Onda onde o pundonor é uma descida
E os próprios gozos gânglios do meu mal.

É por um mecanismo de desastres,
Uma engrenagem com volantes falsos,
Que passo entre visões de cadafalsos
Num jardim onde há flores no ar, sem hastes.

Vou cambaleando através do lavor
Duma vida-interior de renda e laca.
Tenho a impressão de ter em casa a faca
Com que foi degolado o Precursor.

Ando expiando um crime numa mala,
Que um avô meu cometeu por requinte.
Tenho os nervos na forca, vinte a vinte,
E caí no ópio como numa vala.

Ao toque adormecido da morfina
Perco-me em transparências latejantes
E numa noite cheia de brilhantes,
Ergue-se a lua como a minha Sina.

Eu, que fui sempre um mau estudante, agora
Não faço mais que ver o navio ir
Pelo canal de Suez a conduzir
A minha vida, cânfora na aurora.

Perdi os dias que já aproveitara.
Trabalhei para ter só o cansaço
Que é hoje em mim uma espécie de braço
Que ao meu pescoço me sufoca e ampara.

E fui criança como toda a gente.
Nasci numa província portuguesa
E tenho conhecido gente inglesa
Que diz que eu sei inglês perfeitamente.

Gostava de ter poemas e novelas
Publicados por Plon e no *Mercure*,
Mas é impossível que esta vida dure,
Se nesta viagem nem houve procelas!

A vida a bordo é uma coisa triste,
Embora a gente se divirta às vezes.
Falo com alemães, suecos e ingleses
E a minha mágoa de viver persiste.

Eu acho que não vale a pena ter
Ido ao Oriente e visto a Índia e a China.
A terra é semelhante e pequenina
E há só uma maneira de viver.

Por isso eu tomo ópio. É um remédio.
Sou um convalescente do Momento.
Moro no rés do chão do pensamento
E ver passar a Vida faz-me tédio.

Fumo. Canso. Ah uma terra aonde, enfim,
Muito a leste não fosse o oeste já!
Pra que fui visitar a Índia que há
Se não há Índia senão a alma em mim?

Sou desgraçado por meu morgadio.
Os ciganos roubaram minha Sorte.
Talvez nem mesmo encontre ao pé da morte
Um lugar que me abrigue do meu frio.

Eu fingi que estudei engenharia.
Vivi na Escócia. Visitei a Irlanda.
Meu coração é uma avozinha que anda
Pedindo esmola às portas da Alegria.

Não chegues a Port-Said, navio de ferro!
Volta à direita, nem eu sei para onde.
Passo os dias no *smoking room* com o conde –
Um *escroc* francês, conde de fim de enterro.

Volto à Europa descontente, e em sortes
De vir a ser um poeta sonambólico.
Eu sou monárquico mas não católico
E gostava de ser as coisas fortes.

Gostava de ter crenças e dinheiro,
Ser vária gente insípida que vi.
Hoje, afinal, não sou senão, aqui,
Num navio qualquer um passageiro.

Não tenho personalidade alguma.
É mais notado que eu esse criado
De bordo que tem um belo modo alçado
De *laird* escocês há dias em jejum.

Não posso estar em parte alguma. A minha
Pátria é onde não estou. Sou doente e fraco.
O comissário de bordo é velhaco.
Viu-me co'a sueca... e o resto ele adivinha.

Um dia faço escândalo cá a bordo,
Só para dar que falar de mim aos mais.
Não posso com a vida, e acho fatais
As iras com que às vezes me debordo.

Levo o dia a fumar, a beber coisas,
Drogas americanas que entontecem,
E eu já tão bêbado sem nada! Dessem
Melhor cérebro aos meus nervos como rosas.

Escrevo estas linhas. Parece impossível
Que mesmo ao ter talento eu mal o sinta!
O fato é que esta vida é uma quinta
Onde se aborrece uma alma sensível.

Os ingleses são feitos pra existir.
Não há gente como esta pra estar feita
Com a Tranquilidade. A gente deita
Um vintém e sai um deles a sorrir.

Pertenço a um gênero de portugueses
Que depois de estar a Índia descoberta
Ficaram sem trabalho. A morte é certa.
Tenho pensado nisto muitas vezes.

Leve o diabo a vida e a gente tê-la!
Nem leio o livro à minha cabeceira.
Enoja-me o Oriente. É uma esteira
Que a gente enrola e deixa de ser bela.

Caio no ópio por força. Lá querer
Que eu leve a limpo uma vida destas
Não se pode exigir. Almas honestas
Com horas pra dormir e pra comer,

Que um raio as parta! E isto afinal é inveja.
Porque estes nervos são a minha morte.
Não haver um navio que me transporte
Para onde eu nada queira que o não veja!

Ora! Eu cansava-me do mesmo modo.
Qu'ria outro ópio mais forte pra ir de ali
Para sonhos que dessem cabo de mim
E pregassem comigo nalgum lodo.

Febre! Se isto que tenho não é febre,
Não sei como é que se tem febre e sente.
O fato essencial é que estou doente.
Está corrida, amigos, esta lebre.

Veio a noite. Tocou já a primeira
Corneta, pra vestir para o jantar.
Vida social por cima! Isso! E marchar
Até que a gente saia p'la coleira!

Porque isto acaba mal e há de haver
(Olá!) sangue e um revólver lá pro fim
Deste desassossego que há em mim
E não há forma de se resolver.

E quem me olhar, há de me achar banal,
A mim e à minha vida... Ora! um rapaz...
O meu próprio monóculo me faz
Pertencer a um tipo universal.

Ah quanta alma viverá, que ande metida
Assim como eu na Linha, e como eu mística!
Quantos sob a casaca característica
Não terão como eu o horror à vida?

Se ao menos eu por fora fosse tão
Interessante como sou por dentro!
Vou no Maelstrom, cada vez mais pro centro.
Não fazer nada é a minha perdição.

Um inútil. Mas é tão justo sê-lo!
Pudesse a gente desprezar os outros
E, ainda que co'os cotovelos rotos,
Ser herói, doido, amaldiçoado ou belo!

Tenho vontade de levar as mãos
À boca e morder nelas fundo e a mal.
Era uma ocupação original
E distraía os outros, os tais sãos.

O absurdo, como uma flor da tal Índia
Que não vim encontrar na Índia, nasce
No meu cérebro farto de cansar-se.
A minha vida mude-a Deus ou finde-a...

Deixe-me estar aqui, nesta cadeira,
Até virem meter-me no caixão.
Nasci pra mandarim de condição,
Mas falta-me o sossego, o chá e a esteira.

Ah que bom que era ir daqui de caída
Pra cova por um alçapão de estouro!
A vida sabe-me a tabaco louro.
Nunca fiz mais do que fumar a vida.

E afinal o que quero é fé, é calma,
E não ter estas sensações confusas.
Deus que acabe com isto! Abra as eclusas
E basta de comédias na minh'alma!

(No Canal de Suez, a bordo)

HÁ DOENÇAS PIORES QUE AS DOENÇAS

Há doenças piores que as doenças,
Há dores que não doem, nem na alma
Mas que são dolorosas mais que as outras.
Há angústias sonhadas mais reais
Que as que a vida nos traz, há sensações
Sentidas só com imaginá-las
Que são mais nossas do que a própria vida.
Há tanta cousa que, sem existir,
Existe, existe demoradamente,
E demoradamente é nossa e nós...
Por sobre o verde turvo do amplo rio
Os circunflexos brancos das gaivotas...
Por sobre a alma o adejar inútil
Do que não foi, nem pôde ser, e é tudo.

Dá-me mais vinho, porque a vida é nada.

Eu não possuo o meu corpo

Eu não possuo o meu corpo – como posso eu possuir com ele? Eu não possuo a minha alma – como posso possuir com ela? Não compreendo o meu espírito – como através dele compreender?
 Não possuímos nem o corpo, nem uma verdade – nem sequer uma ilusão. Somos fantasmas de mentiras, sombras de ilusões, e a nossa vida é oca por fora e por dentro.
 Conhece alguém as fronteiras à sua alma, para que possa dizer – eu sou eu?

Mas sei que o que eu sinto, sinto-o eu.

Quando outrem possui esse corpo, possui nele o mesmo que eu? Não. Possui outra sensação.

Possuímos nós alguma coisa? Se nós não sabemos o que somos, como sabemos nós o que possuímos?

Se do que comes, dissesses, "eu possuo isto", eu compreendia-te. Porque sem dúvida o que comes, tu o incluis em ti, tu o transformas em matéria tua, tu o sentes entrar em ti e pertencer-te. Mas do que comes não falas tu de "posse". A que chamas tu possuir?

Assim, sem nada feito e o por fazer

Assim, sem nada feito e o por fazer
Malpensado, ou sonhado sem pensar,
Vejo os meus dias nulos decorrer,
E o cansaço de nada me aumentar.

Perdura, sim, como uma mocidade
Que a si mesma se sobrevive, a esperança,
Mas a mesma esperança o tédio invade,
E a mesma falsa mocidade cansa.

Tênue passar das horas sem proveito,
Leve correr dos dias sem ação,
Como a quem com saúde jaz no leito
Ou quem sempre se atrasa sem razão.

Vadio sem andar, meu ser inerte
Contempla-me, que esqueço de querer,
E a tarde exterior seu tédio verte
Sobre quem nada fez e nada quere.

Inútil vida, posta a um canto e ida
Sem que alguém nela fosse, nau sem mar,
Obra solenemente por ser lida,
Ah, deixem-se sonhar sem esperar!

Há em Lisboa

Há em Lisboa um pequeno número de restaurantes ou casas de pasto [em] que, sobre uma loja com feitio de taberna decente, se ergue uma sobreloja com uma feição pesada e caseira de restaurante de vila sem comboios. Nessas sobrelojas, salvo ao domingo pouco frequentadas, é frequente encontrarem-se tipos curiosos, caras sem interesse, uma série de apartes na vida.

O desejo de sossego e a conveniência de preços levaram-me, em período da minha vida, a ser frequente em uma sobreloja dessas. Sucedia que, quando calhava jantar pelas sete horas, quase sempre encontrava um indivíduo cujo aspecto, não me interessando a princípio, pouco a pouco passou a interessar-me.

Era um homem que aparentava trinta anos, magro, mais alto que baixo, curvado exageradamente quando sentado, mas menos quando de pé, vestido com um certo desleixo não inteiramente desleixado. Na face pálida e sem interesse de feições um ar de sofrimento não acrescentava interesse, e era difícil definir que espécie de sofrimento esse ar indicava – parecia indicar vários, privações, angústias, e aquele sofrimento que nasce da indiferença que provém de ter sofrido muito.

Jantava sempre pouco, e acabava fumando tabaco de onça. Reparava extraordinariamente para as pessoas que estavam, não suspeitosamente, mas com um interesse especial; mas não as observava como que perscrutando-as, mas como que interessando-se por elas sem querer fixar-lhes as feições ou detalhar-lhes as manifestações de feitio. Foi esse traço curioso que primeiro me deu interesse por ele.

Passei a vê-lo melhor. Verifiquei que um certo ar de inteligência animava de certo modo incerto as suas feições. Mas o abatimento, a estagnação da angústia fria, cobria tão regularmente o seu aspecto que era difícil descortinar outro traço além desse.

Soube incidentalmente, por um criado do restaurante, que era empregado de comércio, numa casa ali perto.

Um dia houve um acontecimento na rua, por baixo das janelas – uma cena de pugilato entre dois indivíduos. Os que estavam na sobreloja correram às janelas, e eu também, e também o indivíduo de quem falo. Troquei com ele uma frase casual, e ele respondeu no mesmo tom. A sua voz era baça e trêmula, como a das criaturas que não esperam nada, porque é perfeitamente inútil esperar. Mas era porventura absurdo dar esse relevo ao meu colega vespertino de restaurante.

Não sei porquê, passamos a cumprimentarmo-nos desde esse dia. Um dia qualquer, que nos aproximara talvez a circunstância absurda de coincidir virmos ambos jantar às nove e meia, entramos em uma conversa casual. A certa altura ele perguntou-me se eu escrevia. Respondi que sim. Falei-lhe da revista *Orpheu*, que havia pouco aparecera. Ele elogiou-a, elogiou-a bastante, e eu então pasmei deveras. Permiti-me observar-lhe que estranhava, porque a arte dos que escrevem em *Orpheu* sói ser para poucos. Ele disse-me que talvez fosse dos poucos. De resto, acrescentou, essa arte não lhe trouxera propriamente novidade: e timidamente observou que, não tendo para onde ir nem que fazer, nem amigos que visitasse, nem interesse em ler livros, soía gastar as suas noites, no seu quarto alugado, escrevendo também.

*

Ele mobiliara – é impossível que não fosse à custa de algumas coisas essenciais – com um certo e aproximado luxo os seus dois quartos. Cuidara especialmente das cadeiras – de braços, fundas, moles –, dos reposteiros e dos tapetes. Dizia ele que assim se criara no interior "para manter a dignidade do tédio". No quarto à moderna o tédio torna-se desconforto, mágoa física.

*

Nada o obrigara nunca a fazer nada. Em criança passara isoladamente. Aconteceu que nunca passou por nenhum agrupamento. Nunca frequentara um curso. Não pertencera nunca a uma multidão. Dera-se com ele o curioso fenômeno que com tantos – quem sabe, vendo bem, se com todos? – se dá, de as circunstâncias ocasionais de sua vida se terem talhado à imagem e semelhança da direção dos seus instintos, de inércia todos, e de afastamento.
Nunca teve de se defrontar com as exigências do estado ou da sociedade. Às próprias exigências dos seus instintos ele se furtou. Nada o aproximou nunca nem de amigos nem de amantes. Fui o único que, de alguma maneira, estive na intimidade dele. Mas – a par de ter vivido sempre com uma falsa personalidade sua, e de

suspeitar que nunca ele me teve realmente por amigo – percebi sempre que ele alguém havia de chamar para si para lhe deixar o livro que deixou. Agrada-me pensar que, ainda que ao princípio isto me doesse, quando o notei, por fim vendo tudo através do único critério digno de um psicólogo, fiquei do mesmo modo amigo dele e dedicado ao fim para que ele me aproximou de si – a publicação deste seu livro.

Até nisto – é curioso descobri-lo – as circunstâncias, pondo ante ele quem, do meu caráter, lhe pudesse servir, lhe foram favoráveis.

BICARBONATO DE SODA

Súbita, uma angústia...
Ah, que angústia, que náusea do estômago à alma!
Que amigos que tenho tido!
Que vazias de tudo as cidades que tenho percorrido!
Que esterco metafísico os meus propósitos todos!

Uma angústia,
Uma desconsolação da epiderme da alma,
Um deixar cair os braços ao sol-pôr do esforço...
Renego.
Renego tudo.
Renego mais do que tudo.
Renego a gládio e fim todos os Deuses e a negação deles.
Mas o que é que me falta, que o sinto faltar-me no
                [estômago e na circulação do sangue?
Que atordoamento vazio me esfalfa no cérebro?

Devo tomar qualquer coisa ou suicidar-me?
Não: vou existir. Arre! Vou existir.
E-xis-tir...
E--xis--tir...

Meu Deus! Que budismo me esfria no sangue!
Renunciar de portas todas abertas,
Perante a paisagem todas as paisagens,
Sem esperança, em liberdade,
Sem nexo,
Acidente da inconsequência da superfície das coisas,
Monótono mas dorminhoco,
E que brisas quando as portas e as janelas estão todas
                                            [abertas!
Que verão agradável dos outros!

Deem-me de beber, que não tenho sede!

Quem não quiser sofrer, que se isole

LISBON REVISITED (1926)

Nada me prende a nada.
Quero cinquenta coisas ao mesmo tempo.
Anseio com uma angústia de fome de carne
O que não sei que seja —
Definidamente pelo indefinido...
Durmo irrequieto, e vivo num sonhar irrequieto
De quem dorme irrequieto, metade a sonhar.

Fecharam-me todas as portas abstratas e necessárias.
Correram cortinas de todas as hipóteses que eu poderia
                                                     [ver na rua.
Não há na travessa achada o número da porta que me
                                                     [deram.

Acordei para a mesma vida para que tinha adormecido.
Até os meus exércitos sonhados sofreram derrota.
Até os meus sonhos se sentiram falsos ao serem
                                                   [sonhados.
Até a vida só desejada me farta — até essa vida...

Compreendo a intervalos desconexos;
Escrevo por lapsos de cansaço;
E um tédio que é até do tédio arroja-me à praia.

Não sei que destino ou futuro compete à minha angústia
                                                   [sem leme;
Não sei que ilhas do Sul impossível aguardam-me
                                                   [náufrago;

Ou que palmares de literatura me darão ao menos um
[verso.

Não, não sei isto, nem outra coisa, nem coisa
[nenhuma...
E, no fundo do meu espírito, onde sonho o que sonhei,
Nos campos últimos da alma, onde memoro sem causa
(E o passado é uma névoa natural de lágrimas falsas),
Nas estradas e atalhos das florestas longínquas
Onde supus o meu ser,
Fogem desmantelados, últimos restos
Da ilusão final,
Os meus exércitos sonhados, derrotados sem ter sido,
As minhas coortes por existir, esfaceladas em Deus.

Outra vez te revejo,
Cidade da minha infância pavorosamente perdida...
Cidade triste e alegre, outra vez sonho aqui...
Eu? Mas sou eu o mesmo que aqui vivi, e aqui voltei,
E aqui tornei a voltar, e a voltar.
E aqui de novo tornei a voltar?
Ou somos, todos os Eu que estive aqui ou estiveram,
Uma série de contas-entes ligadas por um fio-memória,
Uma série de sonhos de mim de alguém de fora de mim?

Outra vez te revejo,
Com o coração mais longínquo, a alma menos minha.

Outra vez te revejo – Lisboa e Tejo e tudo –,
Transeunte inútil de ti e de mim,
Estrangeiro aqui como em toda a parte,
Casual na vida como na alma,
Fantasma a errar em salas de recordações,

Ao ruído dos ratos e das tábuas que rangem
No castelo maldito de ter que viver...

Outra vez te revejo,
Sombra que passa através de sombras, e brilha
Um momento a uma luz fúnebre desconhecida,
E entra na noite como um rastro de barco se perde
Na água que deixa de se ouvir...

Outra vez te revejo,
Mas, ai, a mim não me revejo!
Partiu-se o espelho mágico em que me revia idêntico,
E em cada fragmento fatídico vejo só um bocado de
                                                  [mim –
Um bocado de ti e de mim!...

Nasci em um tempo

Nasci em um tempo em que a maioria dos jovens haviam perdido a crença em Deus, pela mesma razão que os seus maiores a haviam tido – sem saber porquê. E então, porque o espírito humano tende naturalmente para criticar porque sente, e não porque pensa, a maioria desses jovens escolheu a Humanidade para sucedâneo de Deus. Pertenço, porém, àquela espécie de homens que estão sempre na margem daquilo a que pertencem, nem veem só a multidão de que são, senão também os grandes espaços que há ao lado. Por isso nem abandonei Deus tão amplamente como eles, nem aceitei nunca a Humanidade. Considerei que Deus, sendo improvável, poderia ser, podendo pois dever ser adorado; mas que a Humanidade, sendo uma mera ideia biológica, e não significando mais que a espécie animal humana, não era mais digna de adoração do que qualquer outra espécie animal. Este culto da Humanidade, com seus ritos de Liberdade e Igualdade, pareceu-me sempre uma revivescência dos cultos antigos, em que animais eram como deuses, ou os deuses tinham cabeça de animais.

Assim, não sabendo crer em Deus, e não podendo crer numa soma de animais, fiquei, como outros da orla das gentes, naquela distância de tudo a que comumente se chama a Decadência. A Decadência é a perda total da inconsciência; porque a inconsciência é o fundamento da vida. O coração, se pudesse pensar, pararia.

A quem, como eu, assim, vivendo não sabe ter vida, que resta senão, como a meus poucos pares, a renúncia por modo e a contemplação por destino? Não sabendo o que é a vida religiosa, nem podendo sabê-lo, porque se não tem fé com a razão; não podendo ter fé na abstração do homem, nem sabendo mesmo que fazer dela perante nós, ficava-nos, como motivo de ter alma, a contemplação estética da vida. E, assim, alheios à solenidade de todos os mundos, indiferentes ao divino e desprezadores do humano, entregamo-nos futilmente à sensação sem propósito, cultivada num epicurismo sutilizado, como convém aos nossos nervos cerebrais.

Retendo, da ciência, somente aquele seu preceito central, de que tudo é sujeito às leis fatais, contra as quais se não reage independentemente, porque reagir é elas terem feito que reagíssemos; e verificando como esse preceito se ajusta ao outro, mais antigo, da divina fatalidade das coisas, abdicamos do esforço como os débeis do entretimento dos atletas, e curvamo-nos sobre o livro das sensações com um grande escrúpulo de erudição sentida.

Não tomando nada a sério, nem considerando que nos fosse dada, por certa, outra realidade que não as nossas sensações, nelas nos abrigamos, e a elas exploramos como a grandes países desconhecidos. E, se nos empregamos assiduamente, não só na contemplação estética mas também na expressão dos seus modos e resultados, é que a prosa ou o verso que escrevemos, destituídos de vontade de querer convencer o alheio entendimento ou mover a alheia vontade, é apenas como o falar alto de quem lê, feito para dar plena objetividade ao prazer subjetivo da leitura.

Sabemos bem que toda a obra tem que ser imperfeita, e que a menos segura das nossas contemplações estéticas será a daquilo que escrevemos. Mas imperfeito é tudo, nem há poente tão belo que o não pudesse ser mais, ou brisa leve que nos dê sono que não pudesse dar-nos um sono mais calmo ainda. E assim, contempladores iguais das montanhas e das estátuas, gozando os dias como os livros, sonhando tudo, sobretudo, para o converter na nossa íntima substância, faremos também descrições e análises, que, uma vez feitas, passarão a ser coisas alheias, que podemos gozar como se viessem na tarde.

Não é este o conceito dos pessimistas, como aquele de Vigny, para quem a vida é uma cadeia, onde ele tecia palha para se distrair. Ser pessimista é tomar qualquer coisa como trágico, e essa atitude é um exagero e um incômodo. Não temos, é certo, um conceito de valia que apliquemos à obra que produzimos. Produzimo-la, é certo, para nos distrair, porém não como o preso que tece a palha, para se distrair do Destino, senão da menina que borda almofadas, para se distrair, sem mais nada.

Considero a vida uma estalagem onde tenho que me demorar até que chegue a diligência do abismo. Não sei onde ela me levará, porque não sei nada. Poderia considerar esta estalagem uma prisão, porque estou compelido a aguardar nela; poderia considerá-la um lugar de sociáveis, porque aqui me encontro com outros. Não sou, porém, nem impaciente nem comum. Deixo ao que são os que se fecham no quarto, deitados moles na cama onde esperam sem sono; deixo ao que fazem os que conversam nas salas, de onde as músicas e as vozes chegam cômodas até mim. Sento-me à porta e embebo meus olhos e ouvidos nas cores e nos sons da paisagem, e canto lento, para mim só, vagos cantos que componho enquanto espero.

    Para todos nós descerá a noite e chegará a diligência. Gozo a brisa que me dão e a alma que me deram para gozá-la, e não interrogo mais nem procuro. Se o que deixar escrito no livro dos viajantes puder, relido um dia por outros, entretê-los também na passagem, será bem. Se não o lerem, nem se entretiverem, será bem também.

Boiam leves, desatentos

Boiam leves, desatentos
Meus pensamentos de mágoa,
Como, no sono dos ventos,
As algas, cabelos lentos
Do corpo morto das águas.

Boiam como folhas mortas
À tona de águas paradas.
São coisas vestindo nadas,
Pós remoinhando nas portas
Das casas abandonadas.

Sono de ser, sem remédio,
Vestígio do que não foi,
Leve mágoa, breve tédio,
Não sei se para, se flui;
Não sei se existe ou se dói.

REALIDADE

Sim, passava aqui frequentemente há vinte anos...
Nada está mudado – ou, pelo menos, não dou por isto –
Nesta localidade da cidade...

Há vinte anos!...
O que eu era então! Ora, era outro...
Há vinte anos, e as casas não sabem de nada...
Vinte anos inúteis (e sei lá se o foram!
Sei eu o que é útil ou inútil?)...
Vinte anos perdidos (mas o que seria ganhá-los?)

Tento reconstruir na minha imaginação
Quem eu era e como era quando por aqui passava
Há vinte anos...
Não me lembro, não me posso lembrar.

O outro que aqui passava então,
Se existisse hoje, talvez se lembrasse...
Há tanta personagem de romance que conheço melhor
                                    [por dentro
De que esse eu-mesmo que há vinte anos passava aqui!

Sim, o mistério do tempo.
Sim, o não se saber nada,
Sim, o termos todos nascido a bordo.
Sim, sim, tudo isso, ou outra forma de o dizer...

Daquela janela do segundo andar, ainda idêntica a si
                              [mesma,
Debruçava-se então uma rapariga mais velha que eu,
                              [mais lembradamente de azul.
Hoje, se calhar, está o quê?
Podemos imaginar tudo do que nada sabemos.
Estou parado física e moralmente: não quero imaginar
                              [nada...

Houve um dia em que subi esta rua pensando
                              [alegremente no futuro,
Pois Deus dá licença que o que não existe seja
                              [fortemente iluminado,
Hoje, descendo esta rua, nem no passado penso
                              [alegremente.
Quando muito, nem penso...
Tenho a impressão que as duas figuras se cruzaram na
                              [rua, nem então, nem agora,
Mas aqui mesmo, sem tempo a perturbar o cruzamento.

Olhamos indiferentemente um para o outro.
E eu o antigo lá subi a rua imaginando um futuro
                              [girassol
E eu o moderno lá desci a rua não imaginando nada.

Talvez isso realmente se desse...
Verdadeiramente se desse...
Sim, carnalmente se desse...

Sim, talvez...

Segue o teu destino

Segue o teu destino,
Rega as tuas plantas,
Ama as tuas rosas.
O resto é a sombra
De árvores alheias.

A realidade
Sempre é mais ou menos
Do que nós queremos.
Só nós somos sempre
Iguais a nós-próprios.

Suave é viver só.
Grande e nobre é sempre
Viver simplesmente.
Deixa a dor nas aras
Como ex-voto aos deuses.

Vê de longe a vida.
Nunca a interrogues.
Ela nada pode
Dizer-te. A resposta
Está além dos deuses.

Mas serenamente
Imita o Olimpo
No teu coração.
Os deuses são deuses
Porque não se pensam.

AMO, PELAS TARDES DEMORADAS DE VERÃO

Amo, pelas tardes demoradas de verão, o sossego da cidade baixa, e sobretudo aquele sossego que o contraste acentua na parte que o dia mergulha em mais bulício. A Rua do Arsenal, a Rua da Alfândega, o prolongamento das ruas tristes que se alastram para leste desde que a da Alfândega cessa, toda a linha separada dos cais quedos – tudo isso me conforta de tristeza, se me insiro, por essas tardes, na solidão do seu conjunto. Vivo uma era anterior àquela em que vivo; gozo de sentir-me coevo de Cesário Verde, e tenho em mim, não outros versos como os dele, mas a substância igual à dos versos que foram dele. Por ali arrasto, até haver noite, uma sensação de vida parecida com a dessas ruas. De dia elas são cheias de um bulício que não quer dizer nada; de noite são cheias de uma falta de bulício que não quer dizer nada. Eu de dia sou nulo, e de noite sou eu. Não há diferença entre mim e as ruas para o lado da Alfândega, salvo elas serem ruas e eu ser alma, o que pode ser que nada valha, ante o que é a essência das coisas. Há um destino igual, porque é abstrato, para os homens e para as coisas – uma designação igualmente indiferente na álgebra do mistério.

Mas há mais alguma coisa... Nessas horas lentas e vazias, sobe-me da alma à mente uma tristeza de todo o ser, a amargura de tudo ser ao mesmo tempo uma sensação minha e uma coisa externa, que não está em meu poder alterar. Ah, quantas vezes os meus próprios sonhos se me erguem em coisas, não para me substituírem a realidade, mas para se me confessarem seus pares em eu os não querer, em me surgirem de fora, como o elétrico que dá a volta na curva extrema da rua, ou a voz do apregoador noturno, de não sei que coisa, que se destaca, toada árabe, como um repuxo súbito, da monotonia do entardecer!

    Passam casais futuros, passam os pares das costureiras, passam rapazes com pressa de prazer, fumam no seu passeio de sempre os reformados de tudo, a uma ou outra porta reparam em pouco os vadios parados que são donos das lojas. Lentos, fortes e fracos, os recrutas sonambulizam em molhos ora muito ruidosos ora mais que ruidosos. Gente normal surge de vez em quando. Os automóveis ali a esta hora não são muito frequentes; esses são musicais. No meu coração há uma paz de angústia, e o meu sossego é feito de resignação.
    Passa tudo isso, e nada de tudo isso me diz nada, tudo é alheio ao meu destino, alheio, até, ao destino próprio – inconsciência, carambas ao despropósito quando o acaso deita pedras, ecos de vozes incógnitas – salada coletiva da vida.

Quem me dera que eu fosse o pó da estrada

Quem me dera que eu fosse o pó da estrada
E que os pés dos pobres me estivessem pisando...

Quem me dera que eu fosse os rios que correm
E que as lavadeiras estivessem à minha beira...

Quem me dera que eu fosse os choupos à margem do rio
E tivesse só o céu por cima e a água por baixo...

Quem me dera que eu fosse o burro do moleiro
E que ele me batesse e me estimasse...

Antes isso que ser o que atravessa a vida
Olhando para trás de si e tendo pena...

Intervalo doloroso

Tudo me cansa, mesmo o que não me cansa. A minha alegria é tão dolorosa como a minha dor.
    Quem me dera ser uma criança pondo barcos de papel num tanque de quinta, com um dossel rústico de entrelaçamentos de parreira pondo xadrezes de luz e sombra verde nos reflexos sombrios da pouca água.

    Entre mim e a vida há um vidro tênue. Por mais nitidamente que eu veja e compreenda a vida, eu não posso lhe tocar.

    Raciocinar a minha tristeza? Para quê, se o raciocínio é um esforço? e quem é triste não pode esforçar-se.
    Nem mesmo abdico daqueles gestos banais da vida de que eu tanto quereria abdicar. Abdicar é um esforço, e eu não possuo o de alma com que esforçar-me.

    Quantas vezes me punge o não ser o manobrante daquele carro, o cocheiro daquele trem! qualquer banal Outro suposto cuja vida, por não ser minha, deliciosamente se me penetra [?] de eu querê-la e se me penetra até de alheia!
    Eu não teria o horror à vida como a uma Coisa. A noção da vida como um Todo não me esmagaria os ombros do pensamento.
    Os meus sonhos são um refúgio estúpido, como um guarda-chuva contra um raio.

Sou tão inerte, tão pobrezinho, tão falho de gestos e atos.

Por mais que por mim me embrenhe, todos os atalhos do meu sonho vão dar a clareiras de angústia.

Mesmo eu, o que sonha tanto, tenho intervalos em que o sonho me foge. Então as coisas aparecem-me nítidas. Esvai-se a névoa de que me cerco. E todas as arestas visíveis ferem a carne da minha alma. Todas as durezas olhadas me magoam o conhecê-las durezas. Todos os pesos visíveis de objetos me pesam por a alma dentro.

A minha vida é como se me batessem com ela.

LISBON REVISITED (1923)

Não: Não quero nada.
Já disse que não quero nada.

Não me venham com conclusões!
A única conclusão é morrer.

Não me tragam estéticas!
Não me falem em moral!
Tirem-me daqui a metafísica!
Não me apregoem sistemas completos, não me
                    [enfileirem conquistas
Das ciências (das ciências, Deus meu, das ciências!) –
Das ciências, das artes, da civilização moderna!

Que mal fiz eu aos deuses todos?

Se têm a verdade, guardem-a!

Sou um técnico, mas tenho técnica só dentro da técnica.
Fora disso sou doido, com todo o direito a sê-lo.
Com todo o direito a sê-lo, ouviram?

Não me macem, por amor de Deus!

Queriam-me casado, fútil, quotidiano e tributável?
Queriam-me o contrário disto, o contrário de qualquer
                                                           [coisa?
Se eu fosse outra pessoa, fazia-lhes, a todos, a vontade.
Assim, como sou, tenham paciência!
Vão para o diabo sem mim,
Ou deixem-me ir sozinho para o diabo!
Para que havermos de ir juntos?

Não me peguem no braço!
Não gosto que me peguem no braço. Quero ser sozinho.
Já disse que sou sozinho!
Ah, que maçada quererem que eu seja da companhia!

Ó céu azul – o mesmo da minha infância –
Eterna verdade vazia e perfeita!
Ó macio Tejo ancestral e mudo,
Pequena verdade onde o céu se reflete!
Ó mágoa revisitada, Lisboa de outrora de hoje!
Nada me dais, nada me tirais, nada sois que eu me sinta.

Deixem-me em paz! Não tardo, que eu nunca tardo...
E enquanto tarda o Abismo e o Silêncio quero estar
                                                           [sozinho!

O meu cansaço
é um barco velho
que apodrece
na praia deserta

HÁ METAFÍSICA BASTANTE EM NÃO PENSAR EM NADA

Há metafísica bastante em não pensar em nada.

O que penso eu do mundo?
Sei lá o que penso do mundo!
Se eu adoecesse pensaria nisso.

Que ideia tenho eu das cousas?
Que opinião tenho sobre as causas e os efeitos?
Que tenho eu meditado sobre Deus e a alma
E sobre a criação do Mundo?
Não sei. Para mim pensar nisso é fechar os olhos
E não pensar. É correr as cortinas
Da minha janela (mas ela não tem cortinas).

O mistério das cousas? Sei lá o que é mistério!
O único mistério é haver quem pense no mistério.
Quem está ao sol e fecha os olhos,
Começa a não saber o que é o sol
E a pensar muitas cousas cheias de calor.
Mas abre os olhos e vê o sol,
E já não pode pensar em nada,
Porque a luz do sol vale mais que os pensamentos
De todos os filósofos e de todos os poetas.
A luz do sol não sabe o que faz
E por isso não erra e é comum e boa.

Metafísiça? Que metafísica têm aquelas árvores?
A de serem verdes e copadas e de terem ramos
E a de dar fruto na sua hora, o que não nos faz pensar,
A nós, que não sabemos dar por elas.
Mas que melhor metafísica que a delas,
Que é a de não saber para que vivem
Nem saber que o não sabem?

"Constituição íntima das cousas"...
"Sentido íntimo do Universo"...
Tudo isto é falso, tudo isto não quer dizer nada.
É incrível que se possa pensar em cousas dessas.
É como pensar em razões e fins
Quando o começo da manhã está raiando, e pelos lados
                                        [das árvores
Um vago ouro lustroso vai perdendo a escuridão.

Pensar no sentido íntimo das cousas
É acrescentado, como pensar na saúde
Ou levar um copo à água das fontes.

O único sentido íntimo das cousas
É elas não terem sentido íntimo nenhum.

Não acredito em Deus porque nunca o vi.
Se ele quisesse que eu acreditasse nele,
Sem dúvida que viria falar comigo
E entraria pela minha porta dentro
Dizendo-me, *Aqui estou!*

(Isto é talvez ridículo aos ouvidos
De quem, por não saber o que é olhar para as cousas,
Não compreende quem fala delas
Com o modo de falar que reparar para elas ensina.)

Mas se Deus é as flores e as árvores
E os montes e sol e o luar,
Então acredito nele,
Então acredito nele a toda a hora,
E a minha vida é toda uma oração e uma missa,
E uma comunhão com os olhos e pelos ouvidos.

Mas se Deus é as árvores e as flores
E os montes e o luar e o sol,
Para que lhe chamo eu Deus?
Chamo-lhe flores e árvores e montes e sol e luar;
Porque, se ele se fez, para eu o ver,
Sol e luar e flores e árvores e montes,
Se ele me aparece como sendo árvores e montes
E luar e sol e flores,
É que ele quer que eu o conheça
Como árvores e montes e flores e luar e sol.

E por isso eu obedeço-lhe,
(Que mais sei eu de Deus que Deus de si próprio?).
Obedeço-lhe a viver, espontaneamente,
Como quem abre os olhos e vê,
E chamo-lhe luar e sol e flores e árvores e montes,
E amo-o sem pensar nele,
E penso-o vendo e ouvindo,
E ando com ele a toda a hora.

EU NUNCA GUARDEI REBANHOS

Eu nunca guardei rebanhos,
Mas é como se os guardasse.
Minha alma é como um pastor,
Conhece o vento e o sol
E anda pela mão das Estações
A seguir e a olhar.
Toda a paz da Natureza sem gente
Vem sentar-se a meu lado.
Mas eu fico triste como um pôr de sol
Para a nossa imaginação,
Quando esfria no fundo da planície
E se sente a noite entrada
Como uma borboleta pela janela.

Mas a minha tristeza é sossego
Porque é natural e justa
E é o que deve estar na alma
Quando já pensa que existe
E as mãos colhem flores sem ela dar por isso.

Como um ruído de chocalhos
Para além da curva da estrada,
Os meus pensamentos são contentes.
Só tenho pena de saber que eles são contentes,
Porque, se o não soubesse,
Em vez de serem contentes e tristes,
Seriam alegres e contentes.

Pensar incomoda como andar à chuva
Quando o vento cresce e parece que chove mais.

Não tenho ambições nem desejos
Ser poeta não é uma ambição minha
É a minha maneira de estar sozinho.

E se desejo às vezes
Por imaginar, ser cordeirinho
(Ou ser o rebanho todo
Para andar espalhado por toda a encosta
A ser muita cousa feliz ao mesmo tempo),
É só porque sinto o que escrevo ao pôr do sol,
Ou quando uma nuvem passa a mão por cima da luz
E corre um silêncio pela erva fora.

Quando me sento a escrever versos
Ou, passeando pelos caminhos ou pelos atalhos,
Escrevo versos num papel que está no meu
                         [pensamento,
Sinto um cajado nas mãos
E vejo um recorte de mim
No cimo dum outeiro,
Olhando para o meu rebanho e vendo as minhas ideias,
Ou olhando para as minhas ideias e vendo o meu
                         [rebanho,
E sorrindo vagamente como quem não compreende o
                         [que se diz
E quer fingir que compreende.

Saúdo todos os que me lerem,
Tirando-lhes o chapéu largo
Quando me veem à minha porta

Mal a diligência levanta no cimo do outeiro.
Saúdo-os e desejo-lhes sol,
E chuva, quando a chuva é precisa,
E que as suas casas tenham
Ao pé duma janela aberta
Uma cadeira predileta
Onde se sentem, lendo os meus versos.
E ao lerem os meus versos pensem
Que sou qualquer cousa natural –
Por exemplo, a árvore antiga
À sombra da qual quando crianças
Se sentavam com um baque, cansados de brincar,
E limpavam o suor da testa quente
Com a manga do bibe riscado.

SÚBITA MÃO DE ALGUM FANTASMA OCULTO

Súbita mão de algum fantasma oculto
Entre as dobras da noite e do meu sono
Sacode-me e eu acordo, e no abandono
Da noite não enxergo gesto ou vulto.

Mas um terror antigo, que insepulto
Trago no coração, como de um trono
Desce e se afirma meu senhor e dono
Sem ordem, sem meneio e sem insulto.

E eu sinto a minha vida de repente
Presa por uma corda de Inconsciente
A qualquer mão noturna que me guia.

Sinto que sou ninguém salvo uma sombra
De um vulto que não vejo e que me assombra,
E em nada existo como a treva fria.

Sinfonia de uma noite inquieta

Dormia tudo como se o universo fosse um erro; e o vento, flutuando incerto, era uma bandeira sem forma desfraldada sobre um quartel sem ser. Esfarrapava-se coisa nenhuma no ar alto e forte, e os caixilhos das janelas sacudiam os vidros para que a extremidade se ouvisse. No fundo de tudo, calada, a noite era o túmulo de Deus (a alma sofria com pena de Deus).
    E, de repente – nova ordem das coisas universais agia sobre a cidade –, o vento assobiava no intervalo do vento, e havia uma noção dormida de muitas agitações na altura. Depois a noite fechava-se como um alçapão, e um grande sossego fazia vontade de ter estado a dormir.

Li hoje quase duas páginas

Li hoje quase duas páginas
Do livro dum poeta místico,
E ri como quem tem chorado muito.

Os poetas místicos são filósofos doentes,
E os filósofos são homens doidos.

Porque os poetas místicos dizem que as flores sentem
E dizem que as pedras têm alma
E que os rios têm êxtases ao luar.

Mas flores, se sentissem, não eram flores,
Eram gente;
E se as pedras tivessem alma, eram cousas vivas, não
                                    [eram pedras;
E se os rios tivessem êxtases ao luar,
Os rios seriam homens doentes.

É preciso não saber o que são flores e pedras e rios
Para falar dos sentimentos deles.
Falar da alma das pedras, das flores, dos rios,
É falar de si próprio e dos seus falsos pensamentos.
Graças a Deus que as pedras são só pedras,
E que os rios não são senão rios,
E que as flores são apenas flores.

Por mim, escrevo a prosa dos meus versos
E fico contente,
Porque sei que compreendo a Natureza por fora;
E não a compreendo por dentro
Porque a Natureza não tem dentro;
Senão não era a Natureza.

A MINHA IMAGEM

A minha imagem, tal qual eu a via nos espelhos, anda sempre ao colo da minha alma. Eu não podia ser senão curvo e débil como sou, mesmo nos meus pensamentos.

Tudo em mim é de um príncipe de cromo colado no álbum velho de uma criancinha que morreu sempre há muito tempo.

Amar-me é ter pena de mim. Um dia, lá para o fim do futuro, alguém escreverá sobre mim um poema, e talvez só então eu comece a reinar no meu reino.

Deus é o existirmos e isto não ser tudo.

NATAL

Nasce um Deus. Outros morrem. A Verdade
Nem veio nem se foi: o Erro mudou.
Temos agora uma outra Eternidade,
E era sempre melhor o que passou.

Cega, a Ciência a inútil gleba lavra.
Louca, a Fé vive o sonho do seu culto.
Um novo deus é só uma palavra.
Não procures nem creias: tudo é oculto.

Cada coisa a seu tempo tem seu tempo

Cada coisa a seu tempo tem seu tempo.
Não florescem no inverno os arvoredos,
Nem pela primavera
Têm branco frio os campos.

À noite, que entra, não pertence, Lídia,
O mesmo ardor que o dia nos pedia.
Com mais sossego amemos
A nossa incerta vida.

À lareira, cansados não da obra
Mas porque a hora é a hora dos cansaços,
Não puxemos a voz
Acima de um segredo,

E casuais, interrompidas, sejam
Nossas palavras de reminiscência
(Não para mais nos serve
A negra ida do sol).

Pouco a pouco o passado recordemos
E as histórias contadas no passado
Agora duas vezes
Histórias, que nos falem

Das flores que na nossa infância ida
Com outra consciência nós colhíamos
E sob uma outra espécie

De olhar lançado ao mundo.

E assim, Lídia, à lareira, como estando,
Deuses lares, ali na eternidade,
Como quem compõe roupas
O outrora compúnhamos

Nesse desassossego que o descanso
Nos traz às vidas quando só pensamos
Naquilo que já fomos,
E há só noite lá fora.

PARA SENTIR A DELÍCIA E O TERROR DA VELOCIDADE

Para sentir a delícia e o terror da velocidade não preciso de automóveis velozes nem de comboios expressos. Basta-me um carro elétrico e a espantosa faculdade de abstração que tenho e cultivo.

Num carro elétrico em marcha eu sei, por uma atitude constante e instantânea de análise, separar a ideia de carro da ideia de velocidade, separá-las de todo, até serem coisas-reais diversas. Depois, posso sentir-me seguindo não dentro do carro mas dentro da Mera--Velocidade dele. E, cansado, se acaso quero o delírio da velocidade enorme, posso transportar a ideia para o Puro Imitar da Velocidade e a meu bom prazer aumentá-la ou diminuí-la, alargá-la para além de todas as velocidades possíveis de veículos comboios.

Correr riscos reais, além de me apavorar, não é por medo que eu sinta excessivamente – perturba-me a perfeita atenção às minhas sensações, o que me incomoda e me despersonaliza.

Nunca vou para onde há risco. Tenho medo a tédio dos perigos.

Um poente é um fenômeno intelectual.

LIBERDADE

Ai que prazer
Não cumprir um dever,
Ter um livro para ler
E não o fazer!
Ler é maçada.
Estudar é nada.
O sol doira
Sem literatura.

O rio corre, bem ou mal,
Sem edição original.
E a brisa, essa,
De tão naturalmente matinal,
Como tem tempo não tem pressa...

Livros são papéis pintados com tinta.
Estudar é uma coisa em que está indistinta
A distinção entre nada e coisa nenhuma.

Quanto é melhor, quando há bruma,
Esperar por D. Sebastião,
Quer venha ou não!

Grande é a poesia, a bondade e as danças...
Mas o melhor do mundo são as crianças,
Flores, música, o luar, e o sol, que peca
Só quando, em vez de criar, seca.

O mais do que isto
É Jesus Cristo,
Que não sabia nada de finanças
Nem consta que tivesse biblioteca...

O mal verdadeiro,
o único mal,
são as convenções
e as ficções sociais,
que se sobrepõem
às realidades naturais

Passagem das horas

Trago dentro do meu coração,
Como num cofre que se não pode fechar de cheio,
Todos os lugares onde estive,
Todos os portos a que cheguei,
Todas as paisagens que vi através de janelas ou vigias,
Ou de tombadilhos, sonhando,
E tudo isso, que é tanto, é pouco para o que eu quero.

A entrada de Singapura, manhã subindo, cor verde,
O coral das Maldivas em passagem cálida,
Macau à uma hora da noite... Acordo de repente
Yat-iô--ô-ô-ô-ô-ô-ô-ô-ô ... Ghi-...
E aquilo soa-me do fundo de uma outra realidade...
A estatura norte-africana quase de Zanzibar ao sol...
Dar-es-Salaam (a saída é difícil)...
Majunga, Nossi-Bé, verduras de Madagascar...
Tempestades em torno ao Guardafui...
E o Cabo da Boa Esperança nítido ao sol da madrugada...
E a Cidade do Cabo com a Montanha da Mesa ao
                                          [fundo...

Viajei por mais terras do que aquelas em que toquei...
Vi mais paisagens do que aquelas em que pus os olhos...
Experimentei mais sensações do que todas as sensações
                                          [que senti,
Porque, por mais que sentisse, sempre me faltou que
                                          [sentir

E a vida sempre me doeu, sempre foi pouco, e eu
                              [infeliz.

A certos momentos do dia recordo tudo isto e
                              [apavoro-me,
Penso em que é que me ficará desta vida aos bocados,
                              [deste auge,
Desta estrada às curvas, deste automóvel à beira da
                              [estrada, deste aviso,
Desta turbulência tranquila de sensações desencontradas,
Desta transfusão, desta insubsistência, desta
                              [convergência iriada,
Deste desassossego no fundo de todos os cálices,
Desta angústia no fundo de todos os prazeres,
Desta saciedade antecipada na asa de todas as chávenas,
Deste jogo de cartas fastiento entre o Cabo da Boa
                    [Esperança e as Canárias.

Não sei se a vida é pouco ou demais para mim.
Não sei se sinto de mais ou de menos, não sei
Se me falta escrúpulo espiritual, ponto de apoio na
                              [inteligência,
Consanguinidade com o mistério das coisas, choque
Aos contatos, sangue sob golpes, estremeção aos ruídos,
Ou se há outra significação para isto mais cômoda e feliz.

Seja o que for, era melhor não ter nascido,
Porque, de tão interessante que é a todos os momentos,
A vida chega a doer, a enjoar, a cortar, a roçar, a ranger,
A dar vontade de dar gritos, de dar pulos, de ficar no
                              [chão, de sair
Para fora de todas as casas, de todas as lógicas e de
                              [todas as sacadas,

E ir ser selvagem para a morte entre árvores e
                              [esquecimentos,
Entre tombos, e perigos e ausência de amanhãs,
E tudo isto devia ser qualquer outra coisa mais parecida
                              [com o que eu penso,
Com o que eu penso ou sinto, que eu nem sei qual é,
                              [ó vida.
Cruzo os braços sobre a mesa, ponho a cabeça sobre os
                              [braços,
É preciso querer chorar, mas não sei ir buscar as
                              [lágrimas...
Por mais que me esforce por ter uma grande pena de
                              [mim, não choro,
Tenho a alma rachada sob o indicador curvo que lhe
                              [toca...
Que há de ser de mim? Que há de ser de mim?

Correram o bobo a chicote do palácio, sem razão,
Fizeram o mendigo levantar-se do degrau onde caíra.
Bateram na criança abandonada e tiraram-lhe o pão
                              [das mãos.
Oh mágoa imensa do mundo, o que falta é agir...
Tão decadente, tão decadente, tão decadente...
Só estou bem quando ouço música, e nem então.
Jardins do século dezoito antes de 89,
Onde estais vós, que eu quero chorar de qualquer
                              [maneira?

Como um bálsamo que não consola senão pela ideia de
                              [que é um bálsamo,
A tarde de hoje e de todos os dias pouco a pouco,
                              [monótona, cai.

Acenderam as luzes, cai a noite, a vida substitui-se,
Seja de que maneira for, é preciso continuar a viver.
Arde-me a alma como se fosse uma mão, fisicamente.
Estou no caminho de todos e esbarram comigo.
Minha quinta na província,
Haver menos que um comboio, uma diligência e a
                    [decisão de partir entre mim e ti.
Assim fico, fico... Eu sou o que sempre quer partir,
E fica sempre, fica sempre, fica sempre,
Até à morte fica, mesmo que parta, fica, fica, fica...

Torna-me humano, ó noite, torna-me fraterno e solícito.
Só humanitariamente é que se pode viver.
Só amando os homens, as ações, a banalidade dos
                                    [trabalhos,
Só assim – ai de mim! –, só assim se pode viver.
Só assim, ó noite, e eu nunca poderei ser assim!

Vi todas as coisas, e maravilhei-me de tudo,
Mas tudo ou sobrou ou foi pouco – não sei qual – e eu
                                    [sofri.
Vivi todas as emoções, todos os pensamentos, todos os
                                    [gestos,
E fiquei tão triste como se tivesse querido vivê-los e
                                    [não conseguisse.
Amei e odiei como toda gente,
Mas para toda a gente isso foi normal e instintivo,
E para mim foi sempre a exceção, o choque, a válvula,
                                    [o espasmo.
Vem, ó noite, e apaga-me, vem e afoga-me em ti.
Ó carinhosa do Além, senhora do luto infinito,
Mágoa externa da Terra, choro silencioso do Mundo.
Mãe suave e antiga das emoções sem gesto,

Irmã mais velha, virgem e triste, das ideias sem nexo,
Noiva esperando sempre os nossos propósitos
                              [incompletos,
A direção constantemente abandonada do nosso destino,
A nossa incerteza pagã sem alegria,
A nossa fraqueza cristã sem fé,
O nosso budismo inerte, sem amor pelas coisas nem
                              [êxtases,
A nossa febre, a nossa palidez, a nossa impaciência de
                              [fracos,
A nossa vida, ó mãe, a nossa perdida vida...

Não sei sentir, não sei ser humano, conviver
De dentro da alma triste com os homens meus irmãos
                              [na terra.
Não sei ser útil mesmo sentindo, ser prático, ser
                              [quotidiano, nítido,
Ter um lugar na vida, ter um destino entre os homens,
Ter uma obra, uma força, uma vontade, uma horta,
Uma razão para descansar, uma necessidade de me
                              [distrair,
Uma cousa vinda diretamente da natureza para mim.

Por isso sê para mim materna, ó noite tranquila...
Tu, que tiras o mundo ao mundo, tu que és a paz,
Tu que não existes, que és só a ausência da luz,
Tu que não és uma coisa, um lugar, uma essência, uma
                              [vida,
Penélope da teia, amanhã desfeita, da tua escuridão,
Circe irreal dos febris, dos angustiados sem causa,
Vem para mim, ó noite, estende para mim as mãos,
E sê frescor e alívio, ó noite, sobre a minha fronte...

Tu, cuja vinda é tão suave que parece um afastamento,
Cujo fluxo e refluxo de treva, quando a lua bafeja,
Tem ondas de carinho morto, frio de mares de sonho,
Brisas de paisagens supostas para a nossa angústia
                              [excessiva...
Tu, palidamente, tu, flébil, tu, liquidamente,
Aroma de morte entre flores, hálito de febre sobre
                              [margens,
Tu, rainha, tu, castelã, tu, dona pálida, vem...

Sentir tudo de todas as maneiras,
Viver tudo de todos os lados,
Ser a mesma coisa de todos os modos possíveis ao
                              [mesmo tempo,
Realizar em si toda a humanidade de todos os
                              [momentos
Num só momento difuso, profuso, completo e
                              [longínquo.

Eu quero ser sempre aquilo com quem simpatizo,
Eu torno-me sempre, mais tarde ou mais cedo,
Aquilo com quem simpatizo, seja uma pedra ou uma
                              [ânsia,
Seja uma flor ou uma ideia abstrata,
Seja uma multidão ou um modo de compreender Deus.
E eu simpatizo com tudo, vivo de tudo em tudo.
São-me simpáticos os homens superiores porque são
                              [superiores,
E são-me simpáticos os homens inferiores porque são
                              [superiores também,
Porque ser inferior é diferente de ser superior,
E por isso é uma superioridade a certos momentos de
                              [visão.

Simpatizo com alguns homens pelas suas qualidades
                              [de caráter,
E simpatizo com outros pela sua falta dessas qualidades,
E com outros ainda simpatizo por simpatizar com eles,
E há momentos absolutamente orgânicos em que esses
                              [são todos os homens.
Sim, como sou rei absoluto na minha simpatia,
Basta que ela exista para que tenha razão de ser.
Estreito ao meu peito arfante, num abraço comovido,
(No mesmo abraço comovido)
O homem que dá a camisa ao pobre que desconhece,
O soldado que morre pela pátria sem saber o que é
                              [pátria,
E o matricida, o fratricida, o incestuoso, o violador de
                              [crianças,
O ladrão de estradas, o salteador dos mares,
O gatuno de carteiras, a sombra que espera nas vielas –
Todos são a minha amante predileta pelo menos um
                              [momento na vida.
Beijo na boca todas as prostitutas,
Beijo sobre os olhos todos os *souteneurs*,
A minha passividade jaz aos pés de todos os assassinos,
E a minha capa à espanhola esconde a retirada a todos
                              [os ladrões.
Tudo é a razão de ser da minha vida.

Cometi todos os crimes,
Vivi dentro de todos os crimes
(Eu próprio fui, não um nem o outro no vício,
Mas o próprio vício-pessoa praticado entre eles,
E dessas são as horas mais arco de triunfo da minha
                              [vida).

Multipliquei-me, para me sentir,
Para me sentir, precisei sentir tudo,
Transbordei, não fiz senão extravasar-me,
Despi-me, entreguei-me,
E há em cada canto da minha alma um altar a um deus
                                      [diferente.
Os braços de todos os atletas apertaram-me
                         [subitamente feminino,
E eu só de pensar nisso desmaiei entre músculos
                                       [supostos.

Foram dados na minha boca os beijos de todos os
                                      [encontros,
Acenaram no meu coração os lenços de todas as
                                      [despedidas,
Todos os chamamentos obscenos de gesto e olhares
Batem-me em cheio em todo o corpo com sede nos
                                      [centros sexuais.
Fui todos os ascetas, todos os postos de parte, todos os
                                    [como que esquecidos,
E todos os pederastas – absolutamente todos (não
                                      [faltou nenhum).
Rendez-vous a vermelho e negro no fundo-inferno da
                                      [minha alma!

(Freddie, eu chamava-te Baby, porque tu eras louro,
                                  [branco e eu amava-te,
Quantas imperatrizes por reinar e princesas destronadas
                                    [tu foste para mim!)
Mary, com quem eu lia Burns em dias tristes como
                                    [sentir-se viver,
Mary, mal tu sabes quantos casais honestos, quantas
                                    [famílias felizes,

Viveram em ti os meus olhos e o meu braço cingindo e
                    [a minha consciência incerta,
A sua vida pacata, as suas casas suburbanas com jardim,
                    [os seus *half-holidays* inesperados...
Mary, eu sou infeliz...
Freddie, eu sou infeliz...
Oh, vós todos, todos vós, casuais, demorados,
Quantas vezes tereis pensado em pensar em mim, sem
                    [que o fizésseis,
Ah, quão pouco eu fui no que sois, quão pouco, quão
                    [pouco –
Sim, e o que tenho eu sido, ó meu subjetivo universo,
Ó meu sol, meu luar, minhas estrelas, meu momento,
Ó parte externa de mim perdida em labirintos de Deus!
Passa tudo, todas as coisas num desfile por mim dentro,
E todas as cidades do mundo, rumorejam-se dentro de
                    [mim...
Meu coração tribunal, meu coração mercado, meu
            [coração sala da Bolsa, meu coração balcão
                    [de Banco,
Meu coração *rendez-vous* de toda a humanidade,
Meu coração banco de jardim público, hospedaria,
        [estalagem, calabouço número qualquer cousa
(*Aqui estuvo el Manolo en vísperas de ir al patíbulo*)
Meu coração clube, sala, plateia, capacho, *guichet*,
                    [portaló,
Ponte, cancela, excursão, marcha, viagem, leilão, feira,
                    [arraial,
Meu coração postigo,
Meu coração encomenda,
Meu coração carta, bagagem, satisfação, entrega,
Meu coração a margem, o limite, a súmula, o índice,
Eh-lá, eh-lá, eh-lá, bazar o meu coração.

Todos os amantes beijaram-se na minh'alma,
Todos os vadios dormiram um momento em cima de
                                          [mim,
Todos os desprezados encostaram-se um momento ao
                                        [meu ombro,
Atravessaram a rua, ao meu braço, todos os velhos e os
                                        [doentes,
E houve um segredo que me disseram todos os
                                        [assassinos.

(Aquela cujo sorriso sugere a paz que eu não tenho,
Em cujo baixar de olhos há uma paisagem da Holanda,
Com as cabeças femininas *coifées de lin*
E todo o esforço quotidiano de um povo pacífico e
                                        [limpo...
Aquela que é o anel deixado em cima da cômoda,
E a fita entalada com o fechar da gaveta,
Fita cor-de-rosa, não gosto da cor, mas da fita entalada,
Assim como não gosto da vida, mas gosto de senti-la...

Dormir como um cão corrido no caminho, ao sol,
Definitivamente para todo o resto do Universo,
E que os carros me passem por cima.)

Fui para a cama com todos os sentimentos,
Fui *souteneur* de todas as emoções,
Pagaram-me bebidas todos os acasos das sensações,
Troquei olhares com todos os motivos de agir,
Estive mão em mão com todos os impulsos para partir,
Febre imensa das horas!
Angústia da forja das emoções!

Raiva, espuma, a imensidão que não cabe no meu lenço,
A cadela a uivar de noite,
O tanque da quinta a passear à roda da minha insônia,
O bosque como foi à tarde, quando lá passeamos, a rosa,
A madeixa indiferente, o musgo, os pinheiros,
Toda a raiva de não conter isto tudo, de não deter isto
                                             [tudo,
Ó fome abstrata das coisas, cio impotente dos
                             [momentos,
Orgia intelectual de sentir a vida!

Obter tudo por suficiência divina –
As vésperas, os consentimentos, os avisos,
As cousas belas da vida –
O talento, a virtude, a impunidade,
A tendência para acompanhar os outros a casa,
A situação de passageiro,
A conveniência em embarcar já para ter lugar,
E falta sempre uma coisa, um copo, uma brisa, uma
                                   [frase,
E a vida dói quanto mais se goza e quanto mais se
                                     [inventa.

Poder rir, rir, rir despejadamente,
Rir como um copo entornado,
Absolutamente doido só por sentir,
Absolutamente roto por me roçar contra as coisas,
Ferido na boca por morder coisas,
Com as unhas em sangue por me agarrar a coisas,
E depois deem-me a cela que quiserem que eu me
                                [lembrarei da vida.

Sentir tudo de todas as maneiras,

Ter todas as opiniões,
Ser sincero contradizendo-se a cada minuto,
Desagradar a si próprio pela plena liberalidade de
　　　　　　　　　　　　　　　　　　　　[espírito,
E amar as coisas como Deus.

Eu, que sou mais irmão de uma árvore que de um
　　　　　　　　　　　　　　　　　　　　[operário,
Eu, que sinto mais a dor suposta do mar ao bater na
　　　　　　　　　　　　　　　　　　　　[praia
Que a dor real das crianças em quem batem
(Ah, como isto deve ser falso, pobres crianças em quem
　　　　　　　　　　　　　　　　　　　　[batem —
E por que é que as minhas sensações se revezam tão
　　　　　　　　　　　　　　　　　　　　[depressa?)
Eu, enfim, que sou um diálogo contínuo,
Um falar-alto incompreensível, alta-noite na torre,
Quando os sinos oscilam vagamente sem que mão lhes
　　　　　　　　　　　　　　　　　　　　[toque
E faz pena saber que há vida que viver amanhã.
Eu, enfim, literalmente eu,
E eu metaforicamente também,
Eu, o poeta sensacionista, enviado do Acaso
Às leis irrepreensíveis da Vida,
Eu, o fumador de cigarros por profissão adequada,
O indivíduo que fuma ópio, que toma absinto, mas
　　　　　　　　　　　　　　　　　　　　[que, enfim,
Prefere pensar em fumar ópio a fumá-lo
E acha mais seu olhar para o absinto a beber que bebê-lo...
Eu, este degenerado superior sem arquivos na alma,
Sem personalidade com valor declarado,
Eu, o investigador solene das coisas fúteis,

Que era capaz de ir viver na Sibéria só por embirrar
[com isso,
E que acho que não faz mal não ligar importância à
[pátria
Porque não tenho raiz, como uma árvore, e portanto
[não tenho raiz...
Eu, que tantas vezes me sinto tão real como uma
[metáfora,
Como uma frase escrita por um doente no livro da
[rapariga que encontrou no terraço,
Ou uma partida de xadrez no convés dum transatlântico,
Eu, a ama que empurra os *perambulators* em todos os
[jardins públicos,
Eu, o polícia que a olha, parado para trás na álea,
Eu, a criança no carro, que acena à sua inconsciência
[lúcida com um coral com guizos.
Eu, a paisagem por detrás disto tudo, a paz citadina
Coada através das árvores do jardim público,
Eu, o que os espera a todos em casa,
Eu, o que eles encontram na rua,
Eu, o que eles não sabem de si próprios,
Eu, aquela coisa em que estás pensando e te marca esse
[sorriso,
Eu, o contraditório, o fictício, o aranzel, a espuma,
O cartaz posto agora, as ancas da francesa, o olhar do
[padre,
O largo onde se encontram as suas ruas e os *chauffeurs*
[dormem contra os carros,
A cicatriz do sargento mal-encarado,
O sebo na gola do explicador doente que volta para casa,
A chávena que era por onde o pequenito que morreu
[bebia sempre,

E tem uma falha na asa (e tudo isto cabe num coração
                                [de mãe e enche-o)...
Eu, o ditado de francês da pequenita que mexe nas ligas,
Eu, os pés que se tocam por baixo do *bridge* sob o lustre,
Eu, a carta escondida, o calor do lenço, a sacada com a
                                [janela entreaberta,
O portão de serviço onde a criada fala com os desejos
                                [do primo,
O sacana do José que prometeu vir e não veio
E a gente tinha uma partida para lhe fazer...
Eu, tudo isto, e além disto o resto do mundo...
Tanta coisa, as portas que se abrem e a razão porque
                                [elas se abrem,
E as coisas que já fizeram as mãos que abrem as portas...
Eu, a infelicidade — nata de todas as expressões,
A impossibilidade de exprimir todos os sentimentos,
Sem que haja uma lápida no cemitério para o irmão de
                                [tudo isto,
E o que parece não querer dizer nada sempre quer dizer
                                [qualquer cousa...
Sim, eu, o engenheiro naval que sou supersticioso
                [como uma camponesa madrinha,
E uso monóculo para não parecer igual à ideia real que
                                [faço de mim,
Que levo às vezes três horas a vestir-me e nem por isso
                                [acho isso natural,
Mas acho-o metafísico e se me batem à porta zango-me,
Não tanto por me interromperem a gravata como por
                                [ficar sabendo que há a vida...

Sim, enfim, eu o destinatário das cartas lacradas,
O baú das iniciais gastas,
A entonação das vozes que nunca ouviremos mais —

Deus guarda isso tudo no Mistério, e às vezes sentimo-lo
E a vida pesa de repente e faz muito frio mais perto que
[o corpo.
A Brígida prima da minha tia,
O general em que elas falavam – general quando elas
[eram pequenas,
E a vida era guerra civil a todas as esquinas...
Vive le mélodrame où Margot a pleuré!
Caem as folhas secas no chão irregularmente,
Mas o fato é que sempre é outono no outono,
E o inverno vem depois fatalmente,
E há só um caminho para a vida, que é a vida...

Esse velho insignificante, mas que ainda conheceu os
[românticos,
Esse opúsculo político do tempo das revoluções
[constitucionais,
E a dor que tudo isso deixa, sem que se saiba a razão
Nem haja para chorar tudo mais razão que senti-lo.

Viro todos os dias todas as esquinas de todas as ruas,
E sempre que estou pensando numa coisa, estou
[pensando noutra.
Não me subordino senão por atavismo,
E há sempre razões para emigrar para quem não está
[de cama.

Das *terrasses* de todos os cafés de todas as cidades
Acessíveis à imaginação
Reparo para a vida que passa, sigo-a sem me mexer,
Pertenço-lhe sem tirar um gesto da algibeira,
Nem tomar nota do que vi para depois fingir que o vi.

No automóvel amarelo a mulher definitiva de alguém
                                          [passa,
Vou ao lado dela sem ela saber.
No *trottoir* imediato eles encontram-se por um acaso
                                          [combinado,
Mas antes de o encontro deles lá estar já eu estava com
                                            [eles lá.
Não há maneira de se esquivarem a encontrar-me, não
                          [há modo de eu não estar em toda a parte.
O meu privilégio é tudo
(*Brevetée, Sans Garantie de Dieu*, a minh'Alma).

Assisto a tudo e definitivamente.
Não há joia para mulher que não seja comprada por
                                          [mim e para mim,
Não há intenção de estar esperando que não seja minha
                                        [de qualquer maneira,
Não há resultado de conversa que não seja meu por
                                              [acaso,
Não há toque de sino em Lisboa há trinta anos, noite
                                  [de S. Carlos há cinquenta
Que não seja para mim por uma galantaria deposta.

Fui educado pela Imaginação,
Viajei pela mão dela sempre,
Amei, odiei, falei, pensei sempre por isso,
E todos os dias têm essa janela por diante,
E todas as horas parecem minhas dessa maneira.

Cavalgada explosiva, explodida, como uma bomba que
                                                [rebenta,
Cavalgada rebentando para todos os lados ao mesmo
                                                  [tempo,

Cavalgada por cima do espaço, salto por cima do tempo,
Galga, cavalo eléctron-íon, sistema solar resumido
Por dentro da ação dos êmbolos, por fora do giro dos
                                      [volantes.
Dentro dos êmbolos, tornado velocidade abstrata e
                                      [louca,
Ajo a ferro e velocidade, vaivém, loucura, raiva contida,
Atado ao rasto de todos os volantes giro assombrosas
                                      [horas,
E todo o universo range, estraleja e estropia-se em mim.

Ho-ho-ho-ho-ho!...
Cada vez mais depressa, cada vez mais com o espírito
                                      [adiante do corpo
Adiante da própria ideia veloz do corpo projetado,
Com o espírito atrás adiante do corpo, sombra, chispa,
He-la-ho-ho... Helahoho...

Toda a energia é a mesma e toda a natureza é o mesmo...
A seiva da seiva das árvores é a mesma energia que mexe
As rodas da locomotiva, as rodas do elétrico, os
                                      [volantes dos Diesel,
E um carro puxado a mulas ou a gasolina é puxado
                                      [pela mesma coisa.

Raiva panteísta de sentir em mim formidandamente,
Com todos os meus sentidos em ebulição, com todos
                                      [os meus poros em fumo,
Que tudo é uma só velocidade, uma só energia, uma só
                                      [divina linha
De si para si, parada a ciciar violências de velocidade
                                        [louca...

Ho----

Ave, salve, viva a unidade veloz de tudo!
Ave, salve, viva a igualdade de tudo em seta!
Ave, salve, viva a grande máquina universo!
Ave, que sois o mesmo, árvores, máquinas, leis!
Ave, que sois o mesmo, vermes, êmbolos, ideias
                                      [abstratas,
A mesma seiva vos enche, a mesma seiva vos torna,
A mesma coisa sois, e o resto é por fora e falso,
O resto, o estático resto que fica nos olhos que param,
Mas não nos meus nervos motor de explosão a óleos
                                        [pesados ou leves,
Não nos meus nervos todas as máquinas, todos os
                                        [sistemas de engrenagem,
Nos meus nervos locomotiva, carro elétrico,
             [automóvel, debulhadora a vapor,
Nos meus nervos máquina marítima, Diesel,
                    semiDiesel, Campbell,
Nos meus nervos instalação absoluta a vapor, a gás,
                          [a óleo e a eletricidade,
Máquina universal movida por correias de todos os
                                        [momentos!

Todas as madrugadas são a madrugada e a vida.
Todas as auroras raiam no mesmo lugar:
Infinito...
Todas as alegrias de ave vêm da mesma garganta,
Todos os estremecimentos de folhas são da mesma
                                          [árvore,
E todos os que se levantam cedo para ir trabalhar
Vão da mesma casa para a mesma fábrica por o mesmo
                                            [caminho...

Rola, bola grande, formigueiro de consciências, terra,
Rola, auroreada, entardecida, a prumo sob sóis, noturna,
Rola no espaço abstrato, na noite mal-iluminada
                                    [realmente
Rola...

Sinto na minha cabeça a velocidade de giro da terra,
E todos os países e todas as pessoas giram dentro de
                                    [mim,
Centrífuga ânsia, raiva de ir por os ares até aos astros
Bate pancadas de encontro ao interior do meu crânio,
Põe-me alfinetes vendados por toda a consciência do
                                    [meu corpo,
Faz-me levantar-me mil vezes e dirigir-me para
                        [Abstrato,
Para inencontrável, ali sem restrições nenhumas,
A Meta invisível – todos os pontos onde eu não estou
                        [– e ao mesmo tempo...

Ah, não estar parado nem a andar,
Não estar deitado nem de pé,
Nem acordado nem a dormir,
Nem aqui nem noutro ponto qualquer,
Resolver a equação desta inquietação prolixa,
Saber onde estar para poder estar em toda a parte,
Saber onde deitar-me para estar passeando por todas as
                                    [ruas...

Ho-ho-ho-ho-ho-ho-ho

Cavalgada alada de mim por cima de todas as coisas,
Cavalgada estalada de mim por baixo de todas as coisas,

Cavalgada alada e estalada de mim por causa de todas
[as coisas...

Hup-la por cima das árvores, hup-la por baixo dos
[tanques,
Hup-la contra as paredes, hup-la raspando nos troncos,
Hup-la no ar, hup-la no vento, hup-la, hup-la nas praias,
Numa velocidade crescente, insistente, violenta,
Hup-la hup-la hup-la hup-la...

Cavalgada panteísta de mim por dentro de todas as
[coisas,
Cavalgada energética por dentro de todas as energias,
Cavalgada de mim por dentro do carvão que se
[queima, da lâmpada que arde,
Clarim claro da manhã ao fundo
Do semicírculo frio do horizonte,
Tênue clarim longínquo como bandeiras incertas
Desfraldadas para além de onde as cores são visíveis...

Clarim trêmulo, poeira parada, onde a noite cessa,
Poeira de ouro parada no fundo da visibilidade...

Carro que chia limpidamente, vapor que apita,
Guindaste que começa a girar no meu ouvido,
Tosse seca, nova do que sai de casa,
Leve arrepio matutino na alegria de viver,
Gargalhada súbita velada pela bruma exterior não sei
[como,
Costureira fadada para pior que a manhã que sente,
Operário tísico desfeito para feliz nesta hora
Inevitavelmente vital,
Em que o relevo das coisas é suave, certo e simpático,

Em que os muros são frescos ao contato da mão, e as
                                                    [casas
Abrem aqui e ali os olhos cortinados a branco...

Toda a madrugada é uma colina que oscila,
....
... e caminha tudo

Para a hora cheia de luz em que as lojas baixam as
                                                [pálpebras
E rumor tráfego carroça comboio eu sinto sol estruge

Vertigem do meio-dia emoldurada a vertigens –
Sol dos vértices e nos... da minha visão estriada,
Do rodopio parado da minha retentiva seca,
Do abrumado clarão fixo da minha consciência de viver.
Rumor tráfego carroça comboio carros eu sinto sol rua,
Aros caixotes *trolley* loja rua *vitrines* saia olhos
Rapidamente calhas carroças caixotes rua atravessar rua
Passeio lojistas "perdão" rua
Rua a passear por mim a passear pela rua por mim
Tudo espelhos as lojas de cá dentro das lojas de lá
A velocidade dos carros ao contrário nos espelhos
                                [oblíquos das montras,
O chão no ar o sol por baixo dos pés rua regas flores
                                                [no cesto rua
O meu passado rua estremece *camion* rua não me
                                                [recordo rua
Eu de cabeça pra baixo no centro da minha consciência
                                                [de mim
Rua sem poder encontrar uma sensação só de cada vez
                                                        [rua
Rua pra trás e pra diante debaixo dos meus pés

Rua em X em Y em Z por dentro dos meus braços
Rua pelo meu monóculo em círculos de cinematógrafo
[pequeno,
Caleidoscópio em curvas iriadas nítidas rua.
Bebedeira da rua e de sentir ver ouvir tudo ao mesmo
[tempo.
Bater das fontes de estar vindo para cá ao mesmo
[tempo que vou para lá.
Comboio parte-te de encontro ao resguardo da linha
[de desvio!
Vapor navega direito ao cais e racha-te contra ele!
Automóvel guiado pela loucura de todo o universo
[precipita-te
Por todos os precipícios abaixo
E choca-te, trz!, esfrangalha-te no fundo do meu
[coração!

À moi, todos os objetos projéteis!
À moi, todos os objetos direções!
À moi, todos os objetos invisíveis de velozes!
Batam-me, trespassem-me, ultrapassem-me!
Sou eu que me bato, que me trespasso, que me
[ultrapasso!
A raiva de todos os ímpetos fecha em círculo-mim!

Hela-hoho comboio, automóvel, aeroplano minhas
[ânsias,
Velocidade entra por todas as ideias dentro,
Choca de encontro a todos os sonhos e parte-os,
Chamusca todos os ideais humanitários e úteis,
Atropela todos os sentimentos normais, decentes,
[concordantes,
Colhe no giro do teu volante vertiginoso e pesado

Os corpos de todas as filosofias, os tropos de todos os
                              [poemas,
Esfrangalha-os e fica só tu, volante abstrato nos ares,
Senhor supremo da hora europeia, metálico cio.
Vamos, que a cavalgada não tenha fim nem em Deus!

....
....
....
....

Dói-me a imaginação não sei como, mas é ela que dói,
Declina dentro de mim o sol no alto do céu.
Começa a tender a entardecer no azul e nos meus nervos.
Vamos ó cavalgada, quem mais me consegues tornar?
Eu que, veloz, voraz, comilão da energia abstrata,
Queria comer, beber, esfolar e arranhar o mundo,
Eu, que só me contentaria com calcar o universo aos pés,
Calcar, calcar, calcar até não sentir...
Eu, sinto que ficou fora do que imaginei tudo o que
                              [quis,
Que embora eu quisesse tudo, tudo me faltou.

Cavalgada desmantelada por cima de todos os cimos,
Cavalgada desarticulada por baixo de todos os poços,
Cavalgada voo, cavalgada seta, cavalgada
              [pensamento-relâmpago,
Cavalgada eu, cavalgada eu, cavalgada o universo – eu.
Helahoho-o-o-o-o-o-o...

Meu ser elástico, mola, agulha, trepidação...

Ah, todo o cais
é uma saudade
de pedra!

Todas as cartas de amor são ridículas

Todas as cartas de amor são
Ridículas.
Não seriam cartas de amor se não fossem
Ridículas.

Também escrevi em meu tempo cartas de amor,
Como as outras,
Ridículas.

As cartas de amor, se há amor,
Têm de ser
Ridículas.

Mas, afinal,
Só as criaturas que nunca escreveram
Cartas de amor
É que são
Ridículas.

Quem me dera no tempo em que escrevia
Sem dar por isso
Cartas de amor
Ridículas.

A verdade é que hoje
As minhas memórias
Dessas cartas de amor
É que são

Ridículas.

(Todas as palavras esdrúxulas,
Como os sentimentos esdrúxulos,
São naturalmente
Ridículas.)

Ophelinha:

Para me mostrar o seu desprezo, ou, pelo menos, a sua indiferença real, não era preciso o disfarce transparente de um discurso tão comprido, nem da série de "razões" tão pouco sinceras como convincentes, que me escreveu. Bastava 'dizer-mo'. Assim, entendo da mesma maneira, mas dói-me mais.
    Se prefere a mim o rapaz que namora, e de quem naturalmente gosta muito, como lhe posso eu levar isso a mal? A Ophelinha pode preferir quem quiser: não tem obrigação – creio eu – de amar-me, nem, realmente necessidade (a não ser que queira divertir-se) de fingir que me ama.
    Quem ama verdadeiramente não escreve cartas que parecem requerimentos de advogado. O amor não estuda tanto as cousas, nem trata os outros como réus que é preciso "entalar".
    Porque não é franca para comigo? Que empenho tem em fazer sofrer quem não lhe fez mal – nem a si, nem a ninguém –, a quem tem por peso e dor bastante a própria vida isolada e triste, e não precisa de que lha venham acrescentar criando-lhe esperanças falsas, mostrando-lhe afeições fingidas, e isto sem que se perceba com que interesse, mesmo de divertimento, ou com que proveito, mesmo de troça.
    Reconheço que tudo isto é cômico, e que a parte mais cômica disto tudo sou eu.
    Eu-próprio acharia graça, se não a amasse tanto, e se tivesse tempo para pensar em outra cousa que não

fosse no sofrimento que tem prazer em causar-me sem que eu, a não ser por amá-la, o tenha merecido, e creio bem que amá-la não é razão bastante para o merecer. Enfim...

Aí fica o "documento escrito" que me pede. Reconhece a minha assinatura o tabelião Eugênio Silva.

01.03.1920

19.03.1920
às 4 da madrugada

Meu amorzinho, meu Bébé querido:

São cerca de 4 horas da madrugada e acabo, apesar de ter todo o corpo dorido e a pedir repouso, de desistir definitivamente de dormir. Há três noites que isto me acontece, mas a noite de hoje, então, foi das mais horríveis que tenho passado em minha vida. Felizmente para ti, amorzinho, não podes imaginar. Não era só a angina, com a obrigação estúpida de cuspir de dois em dois minutos, que me tirava o sono. É que, sem ter febre, eu tinha delírio, sentia-me endoidecer, tinha vontade de gritar, de gemer em voz alta, de mil cousas disparatadas. E tudo isto não só por influência direta do mal-estar que vem da doença, mas porque estive todo o dia de ontem arreliado com cousas, que se estão atrasando, relativas à vinda da minha família, e ainda por cima recebi, por intermédio de meu primo, que aqui veio às 7 1/2, uma série de notícias desagradáveis, que não vale a pena contar aqui, pois, felizmente, meu amor, te não dizem de modo algum respeito.

Depois, estar doente exatamente numa ocasião em que tenho tanta cousa urgente a fazer, tanta cousa que não posso delegar em outras pessoas.

Vês, meu Bébé adorado, qual o estado de espírito em que tenho vivido estes dias, estes dois últimos dias sobretudo? E não imaginas as saudades doidas, as saudades constantes que de ti tenho tido. Cada vez a tua ausência, ainda que seja só de um dia para o outro, me abate; quanto mais não havia eu de sentir o não te ver, meu amor, há quase três dias!

Diz-me uma cousa, amorzinho: Por que é que te mostras tão abatida e tão profundamente triste na tua segunda carta – a que mandaste ontem pelo Osório? Compreendo que estivesses também com saudades; mas tu mostras-te de um nervosismo, de uma tristeza, de um abatimento tais, que me doeu imenso ler a tua cartinha e ver o que sofrias. O que te aconteceu, amor, além de estarmos separados? Houve qualquer cousa pior que te acontecesse? Porque falas num tom tão desesperado do meu amor, como que duvidando dele, quando não tens para isso razão nenhuma?

Estou inteiramente só – pode dizer-se; pois aqui a gente da casa, que realmente me tem tratado muito bem, é em todo o caso de cerimônia, e só me vem trazer caldo, leite ou qualquer remédio durante o dia; não me faz, nem era de esperar, companhia nenhuma. E então a esta hora da noite parece-me que estou num deserto; estou com sede e não tenho quem me dê qualquer cousa a tomar; estou meio-doido com o isolamento em que me sinto e nem tenho quem ao menos vele um pouco aqui enquanto eu tentasse dormir.

Estou cheio de frio, vou estender-me na cama para fingir que repouso. Não sei quando te mandarei esta carta ou se acrescentarei ainda mais alguma cousa.

Ai, meu amor, meu Bébé, minha bonequinha, quem te tivesse aqui! Muitos, muitos, muitos, muitos, muitos beijos do teu, sempre teu

Fernando

23.03.1920

Meu querido Bébézinho:

Hoje, com a quase certeza que o Osório não te poderá encontrar, pois, além de ter que esperar aqui pelo Valladas, tem naturalmente que ir levar açúcar a casa de meu primo, quase que de nada me serve escrever-te. Vão, em todo o caso, estas linhas, para o caso de sempre ser possível fazer te chegar a carta às mãos.
    Ainda bem que a interrupção de ainda agora foi mesmo no fim da nossa conversa, quando íamos despedir-nos. Era justamente para evitar interrupções dessas que eu escolhi o caminho por onde hoje íamos. Amanhã esperarei à mesma hora, sim Bébé?
    Não me conformo com a ideia de escrever; queria falar-te, ter-te sempre ao pé de mim, não ser necessário mandar-te cartas. As cartas são sinais de separação – sinais, pelo menos, pela necessidade de as escrevermos, de que estamos afastados.
    Não te admires de certo laconismo nas minhas cartas. As cartas são para as pessoas a quem não interessa mais falar: para essas escrevo de boa vontade. A minha mãe, por exemplo, nunca escrevi de boa vontade, exatamente porque gosto muito dela.
    Quero que sintas isto, que saibas que eu sinto e penso assim a este respeito, para não me achares seco,

frio, indiferente. Eu não o sou, meu Bébé-menininho, minha almofadinha cor-de-rosa para pregar beijos (que grande disparate!).
Mando um meiguinho chinês.
E adeus até amanhã, meu anjo.
Um quarteirão de milhares de beijos do teu, sempre teu

Fernando

O Osório leva o chinês dentro de uma caixa de fósforos.

Meu Bébézinho lindo:

Não imaginas a graça que te achei hoje à janela da casa de tua irmã! Ainda bem que estavas alegre e que mostraste prazer em me ver (Álvaro de Campos).
 Tenho estado muito triste, e além disso muito cansado – triste não só por te não poder ver, como também pelas complicações que outras pessoas têm interposto no nosso caminho. Chego a crer que a influência constante, insistente, hábil dessas pessoas; não ralhando contigo, não se opondo de modo evidente, mas trabalhando lentamente sobre o teu espírito, venha a levar-te finalmente a não gostar de mim. Sinto-me já diferente; já não és a mesma que eras no escritório. Não digo que tu própria tenhas dado por isso; mas dei eu, ou, pelo menos, julguei dar por isso. Oxalá me tenha enganado...
 Olha, filhinha: não vejo nada claro no futuro. Quero dizer: não vejo o que vai haver, ou o que vai ser de nós, dado, de mais a mais, o teu feitio de cederes a todas as influências de família, e de em tudo seres de uma opinião contrária à minha. No escritório eras mais dócil, mais meiga, mais amorável.
 Enfim...
 Amanhã passo à mesma hora no Largo de Camões. Poderás tu aparecer à janela?
 Sempre e muito teu

Fernando
27.04.1920

29.11.1920

Ophelinha:

Agradeço a sua carta. Ela trouxe-me pena e alívio ao mesmo tempo. Pena, porque estas cousas fazem sempre pena; alívio, porque, na verdade, a única solução é essa – o não prolongarmos mais uma situação que não tem já a justificação do amor, nem de uma parte nem de outra. Da minha, ao menos, fica uma estima profunda, uma amizade inalterável. Não me nega a Ophelinha outro tanto, não é verdade?
 Nem a Ophelinha, nem eu, temos culpa nisto. Só o Destino terá culpa, se o Destino fosse gente, a quem culpas se atribuíssem.
 O Tempo, que envelhece as faces e os cabelos, envelhece também, mas mais depressa ainda, as afeições violentas. A maioria da gente, porque é estúpida, consegue não dar por isso, e julga que ainda ama porque contraiu o hábito de se sentir a amar. Se assim não fosse, não havia gente feliz no mundo. As criaturas superiores, porém, são privadas da possibilidade dessa ilusão, porque nem podem crer que o amor dure, nem, quando o sentem acabado, se enganam tomando por ele a estima, ou a gratidão, que ele deixou.
 Estas cousas fazem sofrer, mas o sofrimento passa. Se a vida, que é tudo, passa por fim, como não hão de

passar o amor e a dor, e todas as mais cousas, que não são mais que partes da vida?

Na sua carta é injusta para comigo, mas compreendo e desculpo; decerto a escreveu com irritação, talvez mesmo com mágoa, mas a maioria da gente – homens ou mulheres – escreveria, no seu caso, num tom ainda mais acerbo, e em termos ainda mais injustos. Mas a Ophelinha tem um feitio ótimo, e mesmo a sua irritação não consegue ter maldade. Quando casar, se não tiver a felicidade que merece, por certo que não será sua a culpa.

Quanto a mim...

O amor passou. Mas conservo-lhe uma afeição inalterável, e não esquecerei nunca – nunca, creia – nem a sua figurinha engraçada e os seus modos de pequenina, nem a sua ternura, a sua dedicação, a sua índole amorável. Pode ser que me engane, e que estas qualidades, que lhe atribuo, fossem uma ilusão minha; mas nem creio que fossem, nem, a terem sido, seria desprimor para mim que lhas atribuísse.

Não sei o que quer que lhe devolva – cartas ou que mais. Eu preferia não lhe devolver nada, e conservar as suas cartinhas como memória viva de um passado morto, como todos os passados; como alguma cousa de comovedor numa vida, como a minha, em que o progresso nos anos é par do progresso na infelicidade e na desilusão.

Peço que não faça como a gente vulgar, que é sempre reles; que não me volte a cara quando passe por si, nem tenha de mim uma recordação em que entre o rancor. Fiquemos, um perante o outro, como dois conhecidos desde a infância, que se amaram um pouco quando meninos, e, embora na vida adulta sigam outras afeições e outros caminhos, conservam sempre, num escaninho da alma, a memória profunda do seu amor antigo e inútil.

Que isto de "outras afeições" e de "outros caminhos" é consigo, Ophelinha, e não comigo. O meu destino pertence a outra Lei, de cuja existência a Ophelinha nem sabe, e está subordinado cada vez mais à obediência a Mestres que não permitem nem perdoam.

Não é necessário que compreenda isto. Basta que me conserve com carinho na sua lembrança, como eu, inalteravelmente, a conservarei na minha.

Fernando
29.XI.1920

Ophelinha:

Gostei do coração da sua carta, e realmente não vejo que a fotografia de qualquer meliante, ainda que esse meliante seja o irmão gêmeo que não tenho, forme motivo para agradecimento. Então uma sombra bêbada ocupa lugar nas lembranças?
    Ao meu exílio, que sou eu mesmo, a sua carta chegou como uma alegria lá de casa, e sou eu que tenho que agradecer, pequenina.
    Já agora uso a ocasião e peço-lhe desculpa de três coisas, que são a mesma coisa, e de que não tive a culpa. Por três vezes a encontrei e a não cumprimentei, porque a não vi bem ou, antes, a tempo. Uma vez foi já há muito, na Rua do Ouro e à noite; ia a Ophelinha com um rapaz que supus seu noivo, ou namorado, mas realmente não sei se era o que era justo que fosse. As duas outras vezes foram recentes, e no carro em que ambos seguíamos no sentido que acaba na Estrela. Vi-a, uma das vezes, só de soslaio, e os desgraçados que usam óculos têm o soslaio imperfeito.
    Outra coisa... Não, não é nada, boca doce...

Fernando
11.9.1929

Ophelinha pequena:

Como não quero que diga que eu não lhe escrevi, por efetivamente não lhe ter escrito, estou escrevendo. Não será uma linha, como prometi, mas não serão muitas. Estou doente, principalmente por causa da série de preocupações e arrelias que tive ontem. Se não quer acreditar que estou doente, evidentemente não acreditará. Mas peço o favor de me não dizer que não acredita. Bem me basta estar doente; não é preciso ainda vir duvidar disso, ou pedir-me contas da minha saúde como se estivesse na minha vontade, ou eu tivesse obrigação de dar contas a alguém de qualquer cousa.
 O que lhe disse de ir para Cascais (Cascais quer dizer um ponto qualquer fora de Lisboa, mas perto, e pode querer dizer Sintra ou Caxias) é rigorosamente verdade: verdade, pelo menos, quanto à intenção. Cheguei à idade em que se tem pleno domínio das próprias qualidades, e a inteligência atingiu a força e a destreza que pode ter. É pois a ocasião de realizar a minha obra literária, completando umas cousas, agrupando outras, escrevendo outras que estão por escrever. Para realizar essa obra, preciso de sossego e um certo isolamento. Não posso, infelizmente, abandonar os escritórios onde trabalho (não posso, é claro, porque não tenho rendimentos), mas posso, reservando para o serviço desses escritórios dois dias da semana (quartas e sábados), ter de meus e para mim os cinco dias restantes. Aí tem a célebre história de Cascais.
 Toda a minha vida futura depende de eu poder ou não fazer isto, e em breve. De resto, a minha vida gira

em torno da minha obra literária – boa ou má, que seja, ou possa ser. Tudo o mais na vida tem para mim um interesse secundário: há coisas, naturalmente, que estimaria ter, outras que tanto faz que venham ou não venham. É preciso que todos, que lidam comigo, se convençam de que sou assim, e que exigir-me os sentimentos, aliás muito dignos, de um homem vulgar e banal, é como exigir-me que tenha olhos azuis e cabelo louro. E estar a tratar-me como se eu fosse outra pessoa não é a melhor maneira de manter a minha afeição. É preferível tratar assim quem seja assim, e nesse caso é "dirigir-se a outra pessoa" ou qualquer frase parecida.

Gosto muito – mesmo muito – da Ophelinha. Aprecio muito – muitíssimo – a sua índole e o seu caráter. Se casar, não casarei senão consigo. Resta saber se o casamento, o lar (ou o que quer que lhe queiram chamar) são coisas que se coadunem com a minha vida de pensamento. Duvido. Por agora, e em breve, quero organizar essa vida de pensamento e de trabalho *meu*. Se a não conseguir organizar, claro está que nunca sequer pensarei em pensar em casar. Se a organizar em termos de ver que o casamento seria um estorvo, claro que não casarei. Mas é provável que assim não seja. O futuro – e é um futuro próximo – o dirá.

Ora aí tem, e, por acaso é a verdade.

Adeus, Ophelinha. Durma e coma, e não perca gramas.

Seu muito dedicado,

Fernando
29.9.1929
Domingo

9.10.1929

Terrível Bébé:

Gosto das suas cartas, que são meiguinhas, e também gosto de si, que é meiguinha também. E é bombom, e é vespa, e é mel, que é das abelhas e não das vespas, e tudo está certo, e a Bébé deve escrever-me sempre, mesmo que eu não escreva, que é sempre, e eu estou triste, e sou maluco, e ninguém gosta de mim, e também porque é que havia de gostar, e isso mesmo, e torna tudo ao princípio, e parece-me que ainda lhe telefono hoje, e gostava de lhe dar um beijo na boca, com exatidão e gulodice e comer-lhe a boca e comer os beijinhos que tivesse lá escondidos e encostar-me ao seu ombro e escorregar para a ternura dos pombinhos, e pedir-lhe desculpa, e a desculpa ser a fingir, e tornar muitas vezes, e ponto final até recomeçar, e porque é que a Ophelinha gosta de um meliante e de um cevado e de um javardo e de um indivíduo com ventas de contador de gás e expressão geral de não estar ali mas na pia da casa ao lado, e exatamente, e enfim, e vou acabar porque estou doido, e estive sempre, e é de nascença, que é como quem diz desde que nasci, e eu gostava que a Bébé fosse uma boneca minha, e eu fazia como uma criança, despia-a, e o papel acaba aqui mesmo, e isto parece ser impossível ser escrito por um ente humano, mas é escrito por mim

Fernando

Nunca amamos alguém

Nunca amamos alguém. Amamos, tão somente, a ideia que fazemos de alguém. É a um conceito nosso – em suma, é a nós mesmos – que amamos.
Isto é verdade em toda a escala do amor. No amor sexual buscamos um prazer nosso dado por intermédio de um corpo estranho. No amor diferente do sexual, buscamos um prazer nosso dado por intermédio de uma ideia nossa. O onanista é abjeto, mas, em exata verdade, o onanista é a perfeita expressão lógica do amoroso. É o único que não disfarça nem se engana.
As relações entre uma alma e outra, através de coisas tão incertas e divergentes como as palavras comuns e os gestos que se empreendem, são matéria de estranha complexidade. No próprio ato em que nos conhecemos, nos desconhecemos. Dizem os dois "amo-te" ou pensam-no e sentem-no por troca, e cada um quer dizer uma ideia diferente, uma vida diferente, até, porventura, uma cor ou um aroma diferente, na soma abstrata de impressões que constitui a atividade da alma.
Estou hoje lúcido como se não existisse. Meu pensamento é em claro como um esqueleto, sem os trapos carnais da ilusão de exprimir. E estas considerações, que formo e abandono, não nasceram de coisa alguma – de coisa alguma, pelo menos, que me esteja na plateia da consciência. Talvez aquela desilusão do caixeiro de praça com a rapariga que tinha, talvez qualquer frase lida nos casos amorosos que os jornais

transcrevem dos estrangeiros, talvez até uma vaga náusea que trago comigo e me não explico fisicamente...

Disse mal o escoliasta de Virgílio. É de compreender que sobretudo nos cansamos. Viver é não pensar.

A OUTRA

Amamos sempre no que temos
O que não temos quando amamos.
O barco para, largo os remos
E, um a outro, as mãos nos damos.
A quem dou as mãos?
À Outra.

Teus beijos são de mel de boca,
São os que sempre pensei dar,
E agora a minha boca toca
A boca que eu sonhei beijar.
De quem é a boca?
Da Outra.

Os remos já caíram na água,
O barco faz o que a água quer.
Meus braços vingam minha mágoa
No abraço que enfim podem ter.
Quem abraço?
A Outra.

Bem sei, és bela, és quem desejei...
Não deixe a vida que eu deseje
Mais que o que pode ser teu beijo
O poder ser eu que te beije.
Beijo, e em quem penso?
Na Outra.

Os remos vão perdidos já,
O barco vai não sei para onde.
Que fresco o teu sorriso está,
Ah, meu amor, e o que ele esconde!
Que é do sorriso
Da Outra?

Ah, talvez, mortos ambos nós,
Num outro rio sem lugar
Em outro barco outra vez sós
Possamos nós recomeçar
Que talvez sejas
A Outra.

Mas não, nem onde essa paisagem
É sob eterna luz eterna
Te acharei mais que alguém na viagem
Que amei com ansiedade terna
Por ser parecida
Com a Outra.

Ah, por ora, idos remo e rumo,
Dá-me as mãos, a boca, o teu ser.
Façamos desta hora um resumo
Do que não poderemos ter.
Nesta hora, a única,
Sê a Outra.

Penso às vezes

Penso às vezes, com um deleite triste, que se um dia, num futuro a que eu já não pertença, estas frases, que escrevo, durarem com louvor, eu terei enfim a gente que me "compreenda", os meus, a família verdadeira para nela nascer e ser amado. Mas, longe de eu nela ir nascer, eu terei já morrido há muito. Serei compreendido só em efígie, quando a afeição já não compense a quem morreu a só desafeição que houve, quando vivo.

Um dia talvez compreendam que cumpri, como nenhum outro, o meu dever-nato de intérprete de uma parte do nosso século; e, quando o compreendam, hão-de escrever que na minha época fui incompreendido, que infelizmente vivi entre desafeições e friezas, e que é pena que tal me acontecesse. E o que escrever isto será, na época em que o escrever, incompreendedor, como os que me cercam, do meu análogo daquele tempo futuro. Porque os homens só aprendem para uso dos seus bisavós, que já morreram. Só aos mortos sabemos ensinar as verdadeiras regras de viver.

Na tarde em que escrevo, o dia de chuva parou. Uma alegria do ar é fresca de mais contra a pele. O dia vai acabando não em cinzento, mas em azul-pálido. Um azul vago reflete-se, mesmo, nas pedras das ruas. Dói viver, mas é de longe. Sentir não importa. Acende--se uma ou outra montra.

Em uma outra janela alta há gente que vê acabarem o trabalho. O mendigo que roça por mim pasmaria, se me conhecesse.

No azul menos pálido e menos azul, que se espelha nos prédios, entardece um pouco mais a hora indefinida.

Cai leve, fim do dia certo, em que os que creem e erram se engrenam no trabalho do costume, e têm, na sua própria dor, a felicidade da inconsciência. Cai leve, onda de luz que cessa, melancolia da tarde inútil, bruma sem névoa que entra no meu coração. Cai leve, suave, indefinida palidez lúcida e azul da tarde aquática – leve, suave, triste sobre a terra simples e fria. Cai leve, cinza invisível, monotonia magoada, tédio sem torpor.

O amor, quando
se revela, não se
sabe revelar

ANIVERSÁRIO

No tempo em que festejavam o dia dos meus anos,
Eu era feliz e ninguém estava morto.
Na casa antiga, até eu fazer anos era uma tradição de
                                        [há séculos,
E a alegria de todos, e a minha, estava certa com uma
                                        [religião qualquer.

No tempo em que festejavam o dia dos meus anos,
Eu tinha a grande saúde de não perceber coisa nenhuma,
De ser inteligente para entre a família,
E de não ter as esperanças que os outros tinham por
                                          [mim.
Quando vim a ter esperanças, já não sabia ter esperanças.
Quando vim a olhar para a vida, perdera o sentido da
                                        [vida.

Sim, o que fui de suposto a mim-mesmo,
O que fui de coração e parentesco,
O que fui de serões de meia-província,
O que fui de amarem-me e eu ser menino,
O que fui – ai, meu Deus!, o que só hoje sei que fui...
A que distância!...
(Nem o acho...)
O tempo em que festejavam o dia dos meus anos!

O que eu sou hoje é como a umidade no corredor do
                              [fim da casa,
Pondo grelado nas paredes...
O que eu sou hoje (e a casa dos que me amaram treme
                    [através das minhas lágrimas),
O que eu sou hoje é terem vendido a casa,
É terem morrido todos,
É estar eu sobrevivente a mim-mesmo como um
                              [fósforo frio...

No tempo em que festejavam o dia dos meus anos...
Que meu amor, como uma pessoa, esse tempo!
Desejo físico da alma de se encontrar ali outra vez,
Por uma viagem metafísica e carnal,
Com uma dualidade de eu para mim...
Comer o passado como pão de fome, sem tempo de
                              [manteiga nos dentes!

Vejo tudo outra vez com uma nitidez que me cega para
                              [o que há aqui...
A mesa posta com mais lugares, com melhores
               [desenhos na loiça, com mais copos,
O aparador com muitas coisas – doces, frutas, o resto
                    [na sombra debaixo do alçado –,
As tias velhas, os primos diferentes, e tudo era por
                              [minha causa,
No tempo em que festejavam o dia dos meus anos...

Para, meu coração!
Não penses! Deixa o pensar na cabeça!
Ó meu Deus, meu Deus, meu Deus!
Hoje já não faço anos.
Duro.

Somam-se-me dias.
Serei velho quando o for.
Mais nada.
Raiva de não ter trazido o passado roubado na
[algibeira!...

O tempo em que festejavam o dia dos meus anos!...

Chuva oblíqua

I

Atravessa esta paisagem o meu sonho dum porto infinito
E a cor das flores é transparente de as velas de grandes
                                                        [navios
Que largam do cais arrastando nas águas por sombra
Os vultos ao sol daquelas árvores antigas...

O porto que sonho é sombrio e pálido
E esta paisagem é cheia de sol deste lado...
Mas no meu espírito o sol deste dia é porto sombrio
E os navios que saem do porto são estas árvores ao sol...

Liberto em duplo, abandonei-me da paisagem abaixo...
O vulto do cais é a estrada nítida e calma
Que se levanta e se ergue como um muro,
E os navios passam por dentro dos troncos das árvores
Com uma horizontalidade vertical,
E deixam cair amarras na água pelas folhas uma a uma
                                                        [dentro...

Não sei quem me sonho...
Súbito toda a água do mar do porto é transparente
E vejo no fundo, como uma estampa enorme que lá
                                            [estivesse desdobrada,
Esta paisagem toda, renque de árvore, estrada a arder
                                            [em aquele porto,
E a sombra duma nau mais antiga que o porto que passa
Entre o meu sonho do porto e o meu ver esta paisagem

E chega ao pé de mim, e entra por mim dentro,
E passa para o outro lado da minha alma...

II

Ilumina-se a igreja por dentro da chuva deste dia,
E cada vela que se acende é mais chuva a bater na
[vidraça...
Alegra-me ouvir a chuva porque ela é o templo estar
[aceso,
E as vidraças da igreja vistas de fora são o som da chuva
[ouvido por dentro...

O esplendor do altar-mor é o eu não poder quase ver
[os montes
Através da chuva que é ouro tão solene na toalha do
[altar...

Soa o canto do coro, latino e vento a sacudir-me a
[vidraça
E sente-se chiar a água no fato de haver coro...

A missa é um automóvel que passa
Através dos fiéis que se ajoelham em hoje ser um dia
[triste...
Súbito vento sacode em esplendor maior
A festa da catedral e o ruído da chuva absorve tudo
Até só se ouvir a voz do padre água perder-se ao longe
Com o som de rodas de automóvel...

E apagam-se as luzes da igreja
Na chuva que cessa...

III

A Grande Esfinge do Egito sonha por este papel
                                        [dentro...
Escrevo – e ela aparece-me através da minha mão
                                        [transparente
E ao canto do papel erguem-se as pirâmides...

Escrevo – perturbo-me de ver o bico da minha pena
Ser o perfil do rei Quéops...
De repente paro...
Escureceu tudo... Caio por um abismo feito de tempo...

Estou soterrado sob as pirâmides a escrever versos à luz
                                        [clara deste candeeiro
E todo o Egito me esmaga de alto através dos traços
                                        [que faço com a pena...

Ouço a Esfinge rir por dentro
O som da minha pena a correr no papel...
Atravessa o eu não poder vê-la uma mão enorme,
Varre tudo para o canto do teto que fica por detrás de
                                        [mim,
E sobre o papel onde escrevo, entre ele e a pena que
                                        [escreve
Jaz o cadáver do rei Quéops, olhando-me com olhos
                                        [muito abertos,
E entre os nossos olhares que se cruzam corre o Nilo
E uma alegria de barcos embandeirados erra
Numa diagonal difusa
Entre mim e o que eu penso...

Funerais do rei Quéops em ouro velho e Mim!...

IV

Que pandeiretas o silêncio deste quarto!...
As paredes estão na Andaluzia...
Há danças sensuais no brilho fixo da luz...
De repente todo o espaço para...,
Para, escorrega, desembrulha-se...,
E num canto do teto, muito mais longe do que ele está,
Abrem mãos brancas janelas secretas
E há ramos de violetas caindo
De haver uma noite de Primavera lá fora
Sobre o eu estar de olhos fechados...

V

Lá fora vai um redemoinho de sol os cavalos do
                    [*carroussel*...
Árvores, pedras, montes, bailam parados dentro de
                    [mim...
Noite absoluta na feira iluminada, luar no dia de sol lá
                    [fora,
E as luzes todas da feira fazem ruídos dos muros do
                    [quintal...
Ranchos de raparigas de bilha à cabeça
Que passam lá fora, cheias de estar sob o sol,
Cruzam-se com grandes grupos peganhentos de gente
                    [que anda na feira,
Gente toda misturada com as luzes das barracas, com a
                    [noite e com o luar,

E os dois grupos encontram-se e penetram-se
Até formarem só um que é os dois...

A feira e as luzes da feira e a gente que anda na feira,
E a noite que pega na feira e a levanta no ar,
Andam por cima das copas das árvores cheias de sol,
Andam visivelmente por baixo dos penedos que luzem
[ao sol,
Aparecem do outro lado das bilhas que as raparigas
[levam à cabeça,
E toda esta paisagem de primavera é a lua sobre a feira,
E toda a feira com ruídos e luzes é o chão deste dia de
[sol...

De repente alguém sacode esta hora dupla como numa
[peneira
E, misturado, o pó das duas realidades cai
Sobre as minhas mãos cheias de desenhos de portos
Com grandes naus que se vão e não pensam em voltar...
Pó de oiro branco e negro sobre os meus dedos...
As minhas mãos são os passos daquela rapariga que
[abandona a feira,
Sozinha e contente como o dia hoje...

VI

O maestro sacode a batuta,
E lânguida e triste a música rompe...

Lembra-me a minha infância, aquele dia
Em que eu brincava ao pé dum muro de quintal
Atirando-lhe com uma bola que tinha dum lado
O deslizar dum cão verde, e do outro lado
Um cavalo azul a correr com um *jockey* amarelo...

Prossegue a música, e eis na minha infância
De repente entre mim e o maestro, muro branco,
Vai e vem a bola, ora um cão verde,
Ora um cavalo azul com um *jockey* amarelo...

Todo o teatro é o meu quintal, a minha infância
Está em todos os lugares, e a bola vem a tocar música,
Uma música triste e vaga que passeia no meu quintal
Vestida de cão verde tornando-se *jockey* amarelo...
(Tão rápida gira a bola entre mim e os músicos...)

Atiro-a de encontro à minha infância e ela
Atravessa o teatro todo que está aos meus pés
A brincar com um *jockey* amarelo e um cão verde
E um cavalo azul que aparece por cima do muro
Do meu quintal... E a música atira com bolas
À minha infância... E o muro do quintal é feito de gestos
De batuta e rotações confusas de cães verdes
E cavalos azuis e *jockeys* amarelos...

Todo o teatro é um muro branco de música
Por onde um cão verde corre atrás de minha saudade
Da minha infância, cavalo azul com um *jockey* amarelo...

E dum lado para o outro, da direita para a esquerda,
Donde há árvores e entre os ramos ao pé da copa
Com orquestras a tocar música,
Para onde há filas de bolas na loja onde a comprei
E o homem da loja sorri entre as memórias da minha
                                         [infância...

E a música cessa como um muro que desaba,
A bola rola pelo despenhadeiro dos meus sonhos
                              [interrompidos,
E do alto dum cavalo azul, o maestro, *jockey* amarelo
                              [tornando-se preto,
Agradece, pousando a batuta em cima da fuga dum
                              [muro,
E curva-se, sorrindo, com uma bola branca em cima
                              [da cabeça,
Bola branca que lhe desaparece pelas costas abaixo...

Quando vim primeiro para Lisboa

Quando vim primeiro para Lisboa, havia, no andar lá de cima de onde morávamos, um som de piano tocado em escalas, aprendizagem monótona da menina que nunca vi. Descubro hoje que, por processos de infiltração que desconheço, tenho ainda nas caves da alma, audíveis se abrem a porta lá de baixo, as escalas repetidas, tecladas, da menina hoje senhora outra, ou morta e fechada num lugar branco onde verdejam negros os ciprestes.

Eu era criança, e hoje não o sou; o som, porém, é igual na recordação ao que era na verdade, e tem, perenemente presente, se se ergue de onde finge que dorme, a mesma lenta teclagem, a mesma rítmica monotonia. Invade-me, de o considerar ou sentir, uma tristeza difusa, angustiosa, minha.

Não choro a perda da minha infância; choro que tudo, e nele a (minha) infância, se perca. É a fuga abstrata do tempo, não a fuga concreta do tempo que é meu, que me dói no cérebro físico pela recorrência repetida, involuntária, das escalas do piano lá de cima, terrivelmente anônimo e longínquo. É todo o mistério de que nada dura que martela repetidamente coisas que não chegam a ser música, mas são saudade, no fundo absurdo da minha recordação.

Insensivelmente, num erguer visual, vejo a saleta que nunca vi, onde a aprendiza que não conheci está ainda hoje relatando, dedo a dedo cuidadosos, as escalas sempre iguais do que já está morto. Vejo, vou vendo mais, reconstruo vendo. E todo o lar lá do andar

de cima, saudoso hoje mas não ontem, vem erguendo-
-se fictício da minha contemplação desentendida.

Suponho, porém, que nisto tudo sou translato, que a saudade que sinto não é bem minha, nem bem abstrata, mas a emoção interceptada de não sei que terceiro, a quem estas emoções, que em mim são literárias, fossem – di-lo-ia Vieira – literais. É na minha suposição de sentir que me magoo e angustio, e as saudades, a cuja sensação se me mareiam os olhos próprios, é por imaginação e outridade que as penso e sinto.

E sempre, com uma constância que vem do fundo do mundo, com uma persistência que estuda metafisicamente, soam, soam, soam, as escalas de quem aprende piano, pela espinha dorsal física da minha recordação. São as ruas antigas com outra gente, hoje as mesmas ruas diversas; são pessoas mortas que me estão falando, através da transparência da falta delas hoje; são remorsos do que fiz ou não fiz, sons de regatos na noite, ruídos lá em baixo na casa queda.

Tenho ganas de gritar dentro da cabeça. Quero parar, esmagar, partir esse impossível disco gramofônico que soa dentro de mim em casa alheia, torturador intangível. Quero mandar parar a alma, para que ela, como veículo que me ocupassem, siga para diante só e me deixe. Endoideço de ter que ouvir. E por fim sou eu, no meu cérebro odientamente sensível, na minha pele pelicular, nos meus nervos postos à superfície, as teclas tecladas em escalas, ó piano horroroso e pessoal da nossa recordação.

E sempre, sempre, como que numa parte do cérebro que se tornasse independente, soam, soam, soam escalas lá em baixo, lá em cima, da primeira casa de Lisboa onde vim habitar.

NOITE DE SÃO JOÃO PARA ALÉM DO MURO DO MEU QUINTAL

Noite de S. João para além do muro do meu quintal.
Do lado de cá, eu sem noite de S. João.
Porque há S. João onde o festejam.
Para mim há uma sombra de luz de fogueiras na noite,
Um ruído de gargalhadas, os baques dos saltos.
E um grito casual de quem não sabe que eu existo.

SE DEPOIS DE EU MORRER, QUISEREM ESCREVER A MINHA BIOGRAFIA

Se depois de eu morrer, quiserem escrever a minha
                                          [biografia,
Não há nada mais simples
Tem só duas datas – a da minha nascença e a da minha
                                               [morte.
Entre uma e outra cousa todos os dias são meus.

Sou fácil de definir.
Vi como um danado.
Amei as cousas sem sentimentalidade nenhuma.
Nunca tive um desejo que não pudesse realizar, porque
                                          [nunca ceguei.
Mesmo ouvir nunca foi para mim senão um
                         [acompanhamento de ver.
Compreendi que as cousas são reais e todas diferentes
                                  [umas das outras;
Compreendi isto com os olhos, nunca com o
                                      [pensamento.
Compreender isto com o pensamento seria achá-las
                                       [todas iguais.

Um dia deu-me o sono como a qualquer criança.
Fechei os olhos e dormi.
Além disso, fui o único poeta da Natureza.

Dobrada à moda do Porto

Um dia, num restaurante, fora do espaço e do tempo,
Serviram-me o amor como dobrada fria.
Disse delicadamente ao missionário da cozinha
Que a preferia quente,
Que a dobrada (e era à moda do Porto) nunca se come
[fria.

Impacientaram-se comigo.
Nunca se pode ter razão, nem num restaurante.
Não comi, não pedi outra coisa, paguei a conta,
E vim passear para toda a rua.

Quem sabe o que isto quer dizer?
Eu não sei, e foi comigo...

(Sei muito bem que na infância de toda a gente houve
[um jardim,
Particular ou público, ou do vizinho.
Sei muito bem que brincarmos era o dono dele.
E que a tristeza é de hoje).

Sei isso muitas vezes,
Mas, se eu pedi amor, porque é que me trouxeram
Dobrada à moda do Porto fria?
Não é prato que se possa comer frio,
Mas trouxeram-mo frio.
Não me queixei, mas estava frio,
Nunca se pode comer frio, mas veio frio.

Não só quem
nos odeia ou nos
inveja nos limita
e oprime; quem
nos ama não
menos nos limita

Mar português

Ó mar salgado, quanto do teu sal
São lágrimas de Portugal!
Por te cruzarmos, quantas mães choraram,
Quantos filhos em vão rezaram!
Quantas noivas ficaram por casar
Para que fosses nosso, ó mar!

Valeu a pena? Tudo vale a pena
Se a alma não é pequena.
Quem quer passar além do Bojador
Tem que passar além da dor.
Deus ao mar o perigo e o abismo deu,
Mas nele é que espelhou o céu.

O Tejo é mais belo que o rio que corre pela minha aldeia

O Tejo é mais belo que o rio que corre pela minha
[aldeia,
Mas o Tejo não é mais belo que o rio que corre pela
[minha aldeia
Porque o Tejo não é o rio que corre pela minha aldeia.

O Tejo tem grandes navios
E navega nele ainda,
Para aqueles que veem em tudo o que lá não está,
A memória das naus.

O Tejo desce de Espanha
E o Tejo entra no mar em Portugal.
Toda a gente sabe isso.
Mas poucos sabem qual é o rio da minha aldeia
E para onde ele vai
E donde ele vem.
E por isso, porque pertence a menos gente,
É mais livre e maior o rio da minha aldeia.

Pelo Tejo vai-se para o Mundo.
Para além do Tejo há a América
E a fortuna daqueles que a encontram.
Ninguém nunca pensou no que há para além
Do rio da minha aldeia.

O rio da minha aldeia não faz pensar em nada.
Quem está ao pé dele está só ao pé dele.

Gosto de dizer

Gosto de dizer. Direi melhor: gosto de palavrar. As palavras são para mim corpos tocáveis, sereias visíveis, sensualidades incorporadas. Talvez porque a sensualidade real não tem para mim interesse de nenhuma espécie – nem sequer mental ou de sonho –, transmudou-se-me o desejo para aquilo que em mim cria ritmos verbais, ou os escuta de outros. Estremeço se dizem bem. Tal página de Fialho, tal página de Chateaubriand, fazem formigar toda a minha vida em todas as veias, fazem-me raivar tremulamente quieto de um prazer inatingível que estou tendo. Tal página, até, de Vieira, na sua fria perfeição de engenharia sintática, me faz tremer como um ramo ao vento, num delírio passivo de coisa movida.
 Como todos os grandes apaixonados, gosto da delícia da perda de mim, em que o gozo da entrega se sofre inteiramente. E, assim, muitas vezes, escrevo sem querer pensar, num devaneio externo, deixando que as palavras me façam festas, criança menina ao colo delas. São frases sem sentido, decorrendo mórbidas, numa fluidez de água sentida, esquecer-se de ribeiro em que as ondas se misturam e indefinem, tornando-se sempre outras, sucedendo a si mesmas. Assim as ideias, as imagens, trêmulas de expressão, passam por mim em cortejos sonoros de sedas esbatidas, onde um luar de ideia bruxuleia, malhado e confuso.
 Não choro por nada que a vida traga ou leve. Há porém páginas de prosa que me têm feito chorar.

Lembro-me, como do que estou vendo, da noite em que, ainda criança, li pela primeira vez numa seleta o passo célebre de Vieira sobre o rei Salomão. "Fabricou Salomão um palácio..." E fui lendo, até ao fim, trêmulo, confuso; depois rompi em lágrimas, felizes, como nenhuma felicidade real me fará chorar, como nenhuma tristeza da vida me fará imitar. Aquele movimento hierático da nossa clara língua majestosa, aquele exprimir das ideias nas palavras inevitáveis, correr de água porque há declive, aquele assombro vocálico em que os sons são cores ideais – tudo isso me toldou de instinto como uma grande emoção política. E, disse, chorei; hoje, relembrando, ainda choro. Não é – não – a saudade da infância de que não tenho saudades: é a saudade da emoção daquele momento, a mágoa de não poder já ler pela primeira vez aquela grande certeza sinfônica.

Não tenho sentimento nenhum político ou social. Tenho, porém, num sentido, um alto sentimento patriótico. Minha pátria é a língua portuguesa. Nada me pesaria que invadissem ou tomassem Portugal, desde que não me incomodassem pessoalmente. Mas odeio, com ódio verdadeiro, com o único ódio que sinto, não quem escreve mal português, não quem não sabe sintaxe, não quem escreve em ortografia simplificada, mas a página mal-escrita, como pessoa própria, a sintaxe errada, como gente em que se bata, a ortografia sem ípsilon, como o escarro direto que me enoja independentemente de quem o cuspisse.

Sim, porque a ortografia também é gente. A palavra é completa vista e ouvida. E a gala da transliteração greco-romana veste-ma do seu vero manto régio, pelo qual é senhora e rainha.

Não se deve falar
demasiado...
A vida espreita-nos
sempre...

A gênese dos heterônimos

Meu prezado camarada:

Muito agradeço a sua carta, a que vou responder imediata e integralmente. Antes de, propriamente, começar, quero pedir-lhe desculpa de lhe escrever neste papel de cópia. Acabou-se-me o decente, é domingo, e não posso arranjar outro. Mas mais vale, creio, o mau papel que o adiamento.
 Em primeiro lugar, quero dizer-lhe que nunca eu veria "outras razões" em qualquer coisa que escrevesse, discordando, a meu respeito. Sou um dos poucos poetas portugueses que não decretou a sua própria infalibilidade, nem toma qualquer crítica, que se lhe faça, como um ato de lesa-divindade. Além disso, quaisquer que sejam os meus defeitos mentais, é nula em mim a tendência para a mania da perseguição. À parte isso, conheço já suficientemente a sua independência mental, que, se me é permitido dizê-lo, muito aprovo e louvo. Nunca me propus ser Mestre ou Chefe – Mestre, porque não sei ensinar, nem sei se teria que ensinar; Chefe, porque nem sei estrelar ovos. Não se preocupe, pois, em qualquer ocasião, com o que tenha que dizer a meu respeito. Não procuro caves nos andares nobres.
 Concordo absolutamente consigo em que não foi feliz a estreia, que de mim mesmo fiz com o livro da natureza de *Mensagem*. Sou, de fato, um nacionalista místico, um sebastianista racional. Mas sou, à parte

disso, e até em contradição com isso, muitas outras coisas. E essas coisas, pela mesma natureza do livro, a *Mensagem* não as inclui.

Comecei por esse livro as minhas publicações pela simples razão de que foi o primeiro livro que consegui, não sei porque, ter organizado e pronto. Como estava pronto, incitaram-me a que o publicasse: acedi. Nem o fiz, devo dizer, com os olhos postos no prêmio possível do Secretariado, embora nisso não houvesse pecado intelectual de maior. O meu livro estava pronto em setembro, e eu julgava, até, que não poderia concorrer ao prêmio, pois ignorava que o prazo para a entrega dos livros, que primitivamente fora até fim de julho, fora alargado até ao fim de outubro. Como, porém, em fim de outubro já havia exemplares prontos da *Mensagem*, fiz entrega dos que o Secretariado exigia. O livro estava exatamente nas condições (nacionalismo) de concorrer. Concorri.

Quando às vezes pensava na ordem de uma futura publicação de obras minhas, nunca um livro do gênero de *Mensagem* figurava em número um. Hesitava entre se deveria começar por um livro de versos grande – um livro de umas 350 páginas –, englobando as várias subpersonalidades de Fernando Pessoa ele-mesmo, ou se deveria abrir com uma novela policiária, que ainda não consegui completar.

Concordo consigo, disse, em que não foi feliz a estreia, que de mim mesmo fiz, com a publicação de *Mensagem*. Mas concordo com os fatos que foi a melhor estreia que eu poderia fazer. Precisamente porque essa faceta – em certo modo secundária – da minha personalidade não tinha nunca sido suficientemente manifestada nas minhas colaborações em revistas (exceto no caso do *Mar Português,* parte deste mesmo livro) – precisamente por isso convinha que ela aparecesse, e que aparecesse agora. Coincidiu, sem que eu o planeasse ou premeditasse (sou incapaz de premeditação prática), com um dos momentos críticos (no sentido original da palavra) da remodelação do subconsciente nacional. O que fiz por acaso e se completou por conversa, fora exatamente talhado com Esquadria e Compasso, pelo Grande Arquiteto.

(Interrompo. Não estou doido nem bêbado. Estou, porém, escrevendo diretamente, tão depressa quanto a máquina mo permite, e vou-me servindo das expressões que me ocorrem, sem olhar a que literatura haja nelas. Suponha – e fará bem em supor, porque é verdade – que estou simplesmente falando consigo.)

Respondo agora, diretamente, às suas três perguntas: (1) plano futuro da publicação das minhas obras, (2) gênese dos meus heterônimos, e (3) ocultismo.

Feita, nas condições que lhe indiquei, a publicação da *Mensagem,* que é uma manifestação unilateral, tenciono prosseguir da seguinte maneira. Estou agora completando uma versão inteiramente remodelada do *Banqueiro Anarquista*; essa deve estar pronta em breve e conto, desde que esteja pronta, publicá-la imediatamente. Se assim fizer, traduzo imediatamente esse escrito para inglês, e vou ver se o posso publicar em Inglaterra. Tal qual deve ficar, tem probabilidades europeias. (Não tome essa frase no sentido de Prêmio Nobel imanente.) Depois – e agora respondo propriamente à sua pergunta que se reporta à poesia – tenciono, durante o verão, reunir o tal grande volume dos poemas pequenos de Fernando Pessoa ele-mesmo, e ver se o consigo publicar em fins do ano em que estamos. Será esse o volume que o Casais Monteiro espera, e é esse que eu mesmo desejo que se faça. Esse, então, será as facetas todas, exceto a nacionalista, que *Mensagem* já manifestou.

Referi-me, como viu, ao Fernando Pessoa só. Não penso nada do Caeiro, do Ricardo Reis ou do Álvaro de Campos. Nada disso poderei fazer, no sentido de publicar, exceto quando (ver mais acima) me for dado o Prêmio Nobel. E contudo – penso-o com tristeza – pus no Caeiro todo o meu poder de despersonalização dramática, pus em Ricardo Reis toda a minha disciplina mental, vestida da música que lhe é própria, pus em Álvaro de Campos toda a emoção que não dou nem a mim nem à vida. Pensar, meu querido Casais Monteiro, que todos estes têm que ser, na prática da publicação, preteridos pelo Fernando Pessoa, impuro e simples!

Creio que respondi à sua primeira pergunta.

Se fui omisso, diga em quê. Se puder responder, responderei. Mais planos não tenho, por enquanto. E, sabendo eu o que são e em que dão os meus planos, é caso para dizer, *Graças a Deus*!

Passo agora a responder à sua pergunta sobre a gênese dos meus heterônimos. Vou ver se consigo responder-lhe completamente.

Começo pela parte psiquiátrica. A origem dos meus heterônimos é o fundo traço de histeria que existe em mim. Não sei se sou simplesmente histérico, se sou, mais propriamente, um histeroneurastênico. Tendo para esta segunda hipótese, porque há em mim fenômenos de abulia que a histeria, propriamente dita, não enquadra no registro dos seus sintomas. Seja como for, a origem mental dos meus heterônimos está na minha tendência orgânica e constante para a despersonalização e para a simulação. Estes fenômenos – felizmente para mim e para outros – mentalizaram-se em mim; quero dizer, não se manifestam na minha vida prática, exterior e de contato com outros; fazem explosão para dentro e vivo-os eu a sós comigo. Se eu fosse mulher – na mulher os fenômenos histéricos rompem em ataques e coisas parecidas – cada poema de Álvaro de Campos (o mais histericamente histérico de mim) seria um alarme para a vizinhança. Mas sou homem – e nos homens a histeria assume principalmente aspectos mentais; assim tudo acaba em silêncio e poesia...

Isto explica, *tant bien que mal*, a origem orgânica do meu heteronimismo. Vou agora fazer-lhe a história direta dos meus heterônimos. Começo por aqueles que morreram, e de alguns dos quais já me não lembro – os que jazem perdidos no passado remoto da minha infância quase esquecida.

Desde criança tive a tendência para criar em meu torno um mundo fictício, de me cercar de amigos e conhecidos que nunca existiram. (Não sei, bem entendido, se realmente não existiram, ou se sou eu que não existo. Nestas coisas, como em todas, não devemos ser dogmáticos.) Desde que me conheço como sendo aquilo a que chamo eu, me lembro de precisar mentalmente, em figura, movimentos, caráter e história, várias figuras irreais que eram para mim tão visíveis e minhas como as coisas daquilo a que chamamos, por ventura abusivamente, a vida real. Esta tendência, que me vem desde que me lembro de ser um eu, tem-me acompanhado sempre, mudando um pouco o tipo de música com que me encanta, mas não alterando nunca a sua maneira de encantar.

Lembro, assim, o que me parece ter sido o meu primeiro heterónimo, ou, antes, o meu primeiro conhecido inexistente – um certo Chevalier de Pas dos meus seis anos, por quem escrevia cartas dele a mim mesmo, e cuja figura, não inteiramente vaga, ainda conquista aquela parte da minha afeição que confina com a saudade. Lembro-me, com menos nitidez, de uma outra figura, cujo nome já não me ocorre mas que o tinha estrangeiro também, que era, não sei em quê, um rival de Chevalier de Pas... Coisas que acontecem a todas as crianças? Sem dúvida – ou talvez. Mas a tal ponto as vivi que as vivo ainda, pois que as relembro de tal modo que é mister o esforço para me fazer saber que não foram realidades.

Esta tendência para criar em torno de mim um outro mundo, igual a este mas com outra gente, nunca me saiu da imaginação. Teve várias fases, entre as quais esta, sucedida já em maioridade. Ocorria-me um dito de espírito, absolutamente alheio, por um motivo ou outro, a quem eu sou, ou a quem suponho que sou. Dizia-o, imediatamente, espontaneamente, como sendo de certo amigo meu, cujo nome inventava, cuja história acrescentava, e cuja figura – cara, estatura, traje e gesto – imediatamente eu via diante de mim. E assim arranjei, e propaguei, vários amigos e conhecidos que nunca existiram, mas que ainda hoje, a perto de trinta anos de distância, oiço, sinto, vejo. Repito: oiço, sinto, vejo... E tenho saudades deles.

(Em eu começando a falar – e escrever à máquina é para mim falar –, custa-me a encontrar o travão. Basta de maçada para si, Casais Monteiro! Vou entrar na gênese dos meus heterônimos literários, que é, afinal, o que V. quer saber. Em todo o caso, o que vai dito acima dá-lhe a história da mãe que os deu à luz.)

Aí por 1912, salvo erro (que nunca pode ser grande), veio-me à ideia escrever uns poemas de índole pagã. Esbocei umas coisas em verso irregular (não no estilo Álvaro de Campos, mas num estilo de meia regularidade), e abandonei o caso. Esboçara-se-me, contudo, numa penumbra mal-urdida, um vago retrato da pessoa que estava a fazer aquilo. (Tinha nascido, sem que eu soubesse, o Ricardo Reis.)

Ano e meio, ou dois anos depois, lembrei-me um dia de fazer uma partida ao Sá-Carneiro – de inventar um poeta bucólico, de espécie complicada, e apresentar-lho, já me não lembro como, em qualquer espécie de realidade. Levei uns dias a elaborar o poeta mas nada consegui. Num dia em que finalmente desistira – foi em 8 de Março de 1914 – acerquei-me de uma cômoda alta, e, tomando um papel, comecei a escrever, de pé, como escrevo sempre que posso. E escrevi trinta e tantos poemas a fio, numa espécie de êxtase cuja natureza não conseguirei definir. Foi o dia triunfal da minha vida, e nunca poderei ter outro assim. Abri com o título, *Guardador de Rebanhos*. E o que se seguiu foi o aparecimento de alguém em mim, a quem dei desde logo o nome de Alberto Caeiro. Desculpe-me o absurdo da frase: aparecera em mim o meu mestre. Foi essa a sensação imediata que tive. E tanto assim que, escritos que foram esses trinta e tantos poemas, imediatamente peguei noutro papel e escrevi, a fio, também, os seis poemas que constituem a *Chuva Oblíqua*, de Fernando Pessoa. Imediatamente e totalmente... Foi o regresso de Fernando Pessoa Alberto Caeiro a Fernando Pessoa ele só. Ou, melhor, foi a reação de Fernando Pessoa contra a sua inexistência como Alberto Caeiro.

Aparecido Alberto Caeiro, tratei logo de lhe descobrir – instintiva e subconscientemente – uns discípulos. Arranquei do seu falso paganismo o Ricardo Reis latente, descobri-lhe o nome e ajustei-o a si mesmo, porque nessa altura já o *via*. E, de repente, e em derivação oposta à de Ricardo Reis, surgiu-me impetuosamente um novo indivíduo. Num jato, e à máquina de escrever, sem interrupção nem emenda, surgiu a *Ode Triunfal* de Álvaro de Campos – a Ode com esse nome e o homem com o nome que tem.

Criei, então, uma *coterie* inexistente. Fixei aquilo tudo em moldes de realidade. Graduei as influências, conheci as amizades, ouvi, dentro de mim, as discussões e as divergências de critérios, e em tudo isto me parece que fui eu, criador de tudo, o menos que ali houve. Parece que tudo se passou independentemente de mim. E parece que assim ainda se passa. Se algum dia eu puder publicar a discussão estética entre Ricardo Reis e Álvaro de Campos, verá como eles são diferentes, e como eu não sou nada na matéria.

Quando foi da publicação de *Orpheu*, foi preciso, à última hora, arranjar qualquer coisa para completar o número de páginas. Sugeri então ao Sá-Carneiro que eu fizesse um poema "antigo" do Álvaro de Campos – um poema de como o Álvaro de Campos seria antes de ter conhecido Caeiro e ter caído sob a sua influência. E assim fiz o *Opiário*, em que tentei dar todas as tendências latentes do Álvaro de Campos, conforme haviam de ser depois reveladas, mas sem haver ainda qualquer traço de contato com o seu mestre Caeiro. Foi dos poemas que tenho escrito, o que me deu mais que fazer, pelo duplo poder de despersonalização que tive que desenvolver. Mas, enfim, creio que não saiu mau, e que dá o Álvaro em botão...

Creio que lhe expliquei a origem dos meus heterônimos. Se há porém qualquer ponto em que precise de um esclarecimento mais lúcido – estou escrevendo depressa, e quando escrevo depressa não sou muito lúcido –, diga, que de bom grado lho darei. E, é verdade, um complemento verdadeiro e histérico: ao escrever certos passos das *Notas para recordação do meu Mestre Caeiro*, do Álvaro de Campos, tenho chorado lágrimas verdadeiras. É para que saiba com quem está lidando, meu caro Casais Monteiro!

Mais uns apontamentos nesta matéria... Eu *vejo* diante de mim, no espaço incolor mas real do sonho, as caras, os gestos de Caeiro, Ricardo Reis e Álvaro de Campos. Construí-lhes as idades e as vidas. Ricardo Reis nasceu em 1887 (não me lembro do dia e mês, mas tenho-os algures), no Porto, é médico e está presentemente no Brasil. Alberto Caeiro nasceu em 1889 e morreu em 1915; nasceu em Lisboa, mas viveu quase toda a sua vida no campo. Não teve profissão nem educação quase alguma. Álvaro de Campos nasceu em Tavira, no dia 15 de Outubro de 1890 (às 1,30 horas da tarde, diz-me o Ferreira Gomes; e é verdade, pois, feito o horóscopo para essa hora, está certo). Este, como sabe, é engenheiro naval (por Glasgow), mas agora está aqui em Lisboa em inatividade. Caeiro era de estatura média, e, embora realmente frágil (morreu tuberculoso), não parecia tão frágil como era. Ricardo Reis é um pouco, mas muito pouco, mais baixo, mais forte, mais seco. Álvaro de Campos é alto (1,75m de altura, mais 2 cm do que eu), magro e um pouco tendente a curvar-se. Cara rapada todos – o Caeiro louro sem cor, olhos azuis; Reis de um vago moreno mate; Campos entre branco e moreno, tipo vagamente de judeu português, cabelo, porém, liso e normalmente apartado ao lado, monóculo. Caeiro, como disse, não teve mais educação que quase nenhuma – só instrução primária; morreram-lhe cedo o pai e a mãe, e deixou-se ficar em casa, vivendo de uns pequenos rendimentos. Vivia com uma tia velha, tia-avó. Ricardo Reis, educado num colégio de jesuítas, é, como disse, médico; vive no Brasil desde 1919, pois se expatriou espontaneamente por ser monárquico. É um latinista por educação alheia, e um semi-helenista por educação própria. Álvaro de Campos teve uma educação vulgar de liceu; depois foi mandado para a Escócia estudar engenharia, primeiro mecânica e depois naval. Numas férias, fez a viagem ao Oriente de onde resultou o *Opiário*. Ensinou-lhe latim um tio beirão que era padre.

Como escrevo em nome desses três?... Caeiro por pura e inesperada inspiração, sem saber ou sequer calcular que iria escrever. Ricardo Reis, depois de uma deliberação abstrata, que subitamente se concretiza numa ode. Campos, quando sinto um súbito impulso para escrever e não sei o quê. (O meu semi-heterônimo Bernardo Soares, que aliás em muitas coisas se parece com Álvaro de Campos, aparece sempre que estou cansado ou sonolento, de sorte que tenha um pouco suspensas as qualidades de raciocínio e de inibição;

aquela prosa é um constante devaneio. É um semi-heterônimo porque, não sendo a personalidade a minha, é, não diferente da minha, mas uma simples mutilação dela. Sou eu menos o raciocínio e a afetividade. A prosa, salvo o que o raciocínio dá de *tênue* à minha, é igual a esta, e o português perfeitamente igual; ao passo que Caeiro escrevia mal o português, Campos razoavelmente mas com lapsos como dizer "eu próprio" em vez de "eu mesmo", etc., Reis melhor do que eu, mas com um purismo que considero exagerado. O difícil para mim é escrever a prosa de Reis – ainda inédita – ou de Campos. A simulação é mais fácil, até porque é mais espontânea, em verso.)

Nesta altura estará o Casais Monteiro pensando que má sorte o fez cair, por leitura, em meio de um manicômio. Em todo o caso, o pior de tudo isto é a incoerência com que o tenho escrito. Repito, porém: escrevo como se estivesse falando consigo, para que possa escrever imediatamente. Não sendo assim, passariam meses sem eu conseguir escrever.

Falta responder à sua pergunta quanto ao ocultismo. Pergunta-me se creio no ocultismo. Feita assim, a pergunta não é bem clara; compreendo porém a intenção e a ela respondo. Creio na existência de mundos superiores ao nosso e de habitantes desses mundos, em experiências de diversos graus de espiritualidade, sutilizando-se até se chegar a um Ente Supremo, que presumivelmente criou este mundo. Pode ser que haja outros Entes, igualmente Supremos, que hajam criado outros universos, e que esses universos coexistam com o nosso, interpenetradamente ou não. Por essas razões, e ainda outras, a Ordem

Externa do Ocultismo, ou seja, a Maçonaria, evita (exceto a Maçonaria anglo-saxônica) a expressão "Deus", dadas as suas implicações teológicas e populares, e prefere dizer "Grande Arquiteto do Universo", expressão que deixa em branco o problema de se Ele é Criador, ou simples Governador do mundo. Dadas estas escalas de seres, não creio na comunicação direta com Deus, mas, segundo a nossa afinação espiritual, poderemos ir comunicando com seres cada vez mais altos. Há três caminhos para o oculto: o caminho mágico (incluindo práticas como as do espiritismo, intelectualmente ao nível da bruxaria, que é magia também), caminho esse extremamente perigoso, em todos os sentidos; o caminho místico, que não tem propriamente perigos, mas é incerto e lento; e o que se chama o caminho alquímico, o mais difícil e o mais perfeito de todos, porque envolve uma transmutação da própria personalidade que a *prepara*, sem grandes riscos, antes com defesas que os outros caminhos não têm. Quanto à "iniciação" ou não, posso dizer-lhe só isto, que não sei se responde à sua pergunta: não pertenço a Ordem Iniciática nenhuma. A citação, epígrafe ao meu poema *Eros e Psique*, de um trecho (traduzido, pois o *Ritual* é em latim) do Ritual do Terceiro Grau da Ordem Templária de Portugal, indica simplesmente – o que é fato – que me foi permitido folhear os Rituais dos três primeiros graus dessa Ordem, extinta ou em dormência desde cerca de 1888. Se não estivesse em dormência, eu não citaria o trecho do Ritual, pois se não devem citar (indicando a origem) trechos de Rituais que estão em trabalho.

    Creio assim, meu querido camarada, ter respondido, ainda com certas incoerências, às suas perguntas. Se há outras que deseja fazer, não hesite em fazê-las. Responderei conforme puder e o melhor que puder. O que poderá suceder, e isto me desculpará desde já, é não responder tão depressa.

Abraça-o o camarada que muito o estima e admira.

Fernando Pessoa

A vida é breve,
a alma é vasta

Entrei no barbeiro no modo do costume

Entrei no barbeiro no modo do costume, com o prazer de me ser fácil entrar sem constrangimento nas casas conhecidas. A minha sensibilidade do novo é angustiante: tenho calma só onde já tenho estado.

Quando me sentei na cadeira, perguntei, por um acaso que lembra, ao rapaz barbeiro que me ia colocando no pescoço um linho frio e limpo, como ia o colega da cadeira da direita, mais velho e com espírito, que estava doente. Perguntei-lhe sem que me pesasse a necessidade de perguntar: ocorreu-me a oportunidade pelo local e a lembrança. "Morreu ontem", respondeu sem tom a voz que estava por detrás da toalha e de mim, e cujos dedos se erguiam da última inserção na nuca, entre mim e o colarinho. Toda a minha boa disposição irracional morreu de repente, como o barbeiro eternamente ausente da cadeira ao lado. Fez frio em tudo quanto penso. Não disse nada.

Saudades! Tenho-as até do que me não foi nada, por uma angústia de fuga do tempo e uma doença do mistério da vida. Caras que via habitualmente nas minhas ruas habituais – se deixo de vê-las entristeço; e não me foram nada, a não ser o símbolo de toda a vida.

O velho sem interesse das polainas sujas que cruzava frequentemente comigo às nove e meia da manhã? O cauteleiro coxo que me maçava inutilmente? O velhote redondo e corado do charuto à porta da tabacaria? O dono pálido da tabacaria? O que é feito de todos eles, que, porque os vi e os tornei a ver, foram parte da minha vida? Amanhã também eu me sumirei da Rua da Prata, da Rua dos Douradores, da Rua dos Fanqueiros. Amanhã também eu – a alma que sente e pensa, o universo que sou para mim – sim, amanhã eu também serei o que deixou de passar nestas ruas, o que outros vagamente evocarão com um "o que será dele?". E tudo quanto faço, tudo quanto sinto, tudo quanto vivo, não será mais que um transeunte a menos na quotidianidade de ruas de uma cidade qualquer.

Cruz na porta da tabacaria!

Cruz na porta da tabacaria!
Quem morreu? O próprio Alves? Dou
Ao diabo o bem-'star que trazia.
Desde ontem a cidade mudou.

Quem era? Ora, era quem eu via.
Todos os dias o via. Estou
Agora sem essa monotonia.
Desde ontem a cidade mudou.

Ele era o dono da tabacaria.
Um ponto de referência de quem sou.
Eu passava ali de noite e de dia.
Desde ontem a cidade mudou.

Meu coração tem pouca alegria,
E isto diz que é morte aquilo onde estou.
Horror fechado da tabacaria!
Desde ontem a cidade mudou.

Mas ao menos a ele alguém o via,
Ele era fixo, eu, o que vou,
Se morrer, não falto, e ninguém diria:
Desde ontem a cidade mudou.

Nota autobiográfica

Nome completo
Fernando António Nogueira Pessoa.

Idade e naturalidade
Nasceu em Lisboa, freguesia dos Mártires,
no prédio n.º 4 do Largo de S. Carlos
(hoje do Directório) em 13 de Junho de 1888.

Filiação
Filho legítimo de Joaquim de Seabra Pessoa
e de D. Maria Madalena Pinheiro Nogueira.
Neto paterno do general Joaquim António Pessoa,
combatente das campanhas liberais, e de D. Dionísia
Seabra; neto materno do conselheiro Luís António
Nogueira, jurisconsulto e que foi director-geral do
Ministério do Reino, e de D. Madalena Xavier Pinheiro.
Ascendência geral – misto de fidalgos e de judeus.

Estado
Solteiro.

Profissão
A designação mais própria será "tradutor",
a mais exacta a de "correspondente estrangeiro
em casas comerciais". O ser poeta e escritor
não constitui profissão mas vocação.

Morada
Rua Coelho da Rocha, 16, 1.º dt.º, Lisboa.
(Endereço postal – Caixa Postal 147, Lisboa.)

Funções sociais que tem desempenhado
Se por isso se entende cargos públicos, ou funções de
destaque, nenhumas.

Obras que tem publicado
A obra está essencialmente dispersa, por enquanto por várias revistas e publicações ocasionais. O que, de livros ou folhetos, considera como válido, é o seguinte: *35 Sonnets* (em inglês), 1918; *English Poems I-II* e *English Poems III* (em inglês também), 1922; e o livro *Mensagem*, 1934, premiado pelo Secretariado de Propaganda Nacional, na categoria "Poemas". O folheto *O Interregno*, publicado em 1928 e constituindo uma defesa da Ditadura Militar em Portugal, deve ser considerado como não existente. Há que rever tudo isso e talvez que repudiar muito.

Educação
Em virtude de, falecido o seu pai em 1893, sua mãe ter casado, em 1895, em segundas núpcias, com o comandante João Miguel Rosa, cônsul de Portugal em Durban, Natal, foi ali educado.
Ganhou o prémio Rainha Vitória de estilo inglês na Universidade do Cabo da Boa Esperança em 1903, no exame de admissão, aos 15 anos.

Ideologia política
Considera que o sistema monárquico seria o mais próprio para uma nação organicamente imperial como é Portugal. Considera, ao mesmo tempo, a Monarquia completamente inviável em Portugal. Por isso, a haver um plebiscito entre regimes, votaria, com pena, pela República. Conservador do estilo inglês, isto é, liberal dentro do conservantismo, e absolutamente antirreacionário.

Posição religiosa
Cristão gnóstico, e portanto inteiramente oposto a todas as Igrejas organizadas, e sobretudo à Igreja de Roma. Fiel, por motivos que mais adiante estão implícitos, à Tradição Secreta do Cristianismo, que tem íntimas relações com a Tradição Secreta em Israel (a Santa Kabbalah) e com a essência oculta da Maçonaria.

Posição iniciática
Iniciado, por comunicação directa de Mestre a Discípulo, nos três graus menores da (aparentemente extinta) Ordem Templária de Portugal.

Posição patriótica
Partidário de um nacionalismo místico, de onde seja abolida toda a infiltração católica-romana, criando-se, se possível for, um sebastianismo novo, que a substitua espiritualmente, se é que no catolicismo português houve alguma vez espiritualidade. Nacionalista que se guia por este lema: "Tudo pela Humanidade, nada contra a Nação".

Posição social
Anticomunista e antissocialista. O mais deduz-se do que vai dito acima.

Resumo de estas últimas considerações
Ter sempre na memória o mártir Jacques de Molay, grão--mestre dos Templários, e combater, sempre e em toda a parte, os seus três assassinos – a Ignorância, o Fanatismo e a Tirania.

Lisboa, 30 de Março de 1935.

Fernando Pessoa ele-mesmo e os outros*

A gênese dos heterônimos [p. 175] – 13.1.1935 – Fernando Pessoa

A maioria da gente enferma [p. 28] – Bernardo Soares (Fragmento 117, Livro do desassossego)

A minha imagem [p. 91] – Bernardo Soares (Fragmento 22, Livro do desassossego)

A outra [p. 145] – 28.7.1935 – Fernando Pessoa (Cancioneiro)

Amo, pelas tardes demoradas de verão [p. 72] – Bernardo Soares (Fragmento 3, Livro do desassossego)

Aniversário [p. 151] – 15.10.1929 – Álvaro de Campos

Assim, sem nada feito e o por fazer [p. 52] – s/d – Fernando Pessoa (Cancioneiro)

Autopsicografia [p. 27] – s/d – Fernando Pessoa (Cancioneiro)

Bicarbonato de soda [p. 57] – 20.6.1930 – Álvaro de Campos

Boiam leves, desatentos [p. 68] – 4.8.1930 – Fernando Pessoa (Cancioneiro)

Cada coisa a seu tempo tem seu tempo [p. 93] – 30.7.1914 – Ricardo Reis

Cartas de amor a Ophélia Queiroz [p. 129] – 1920 e 1929– Fernando Pessoa

Chuva oblíqua [p. 154] – s/d – Fernando Pessoa (Cancioneiro)

Cruz na porta da tabacaria! [p. 193] – 14.10.1930 – Álvaro de Campos

Cruzou por mim, veio ter comigo, numa rua da Baixa [p. 22] – s/d – Álvaro de Campos

Datilografia [p. 31] – 19.12.1933 – Álvaro de Campos

Deixei atrás os erros do que fui [p. 35] – 23.8.1934 – Fernando Pessoa (Poesias coligidas – Inéditas 1919-1935)

Dobrada à moda do Porto [p. 165] – s/d – Álvaro de Campos

Entrei no barbeiro no modo do costume [p. 191] – Bernardo Soares (Fragmento 481, Livro do desassossego)

Escrito num livro abandonado em viagem [p. 41] – 1928 (?) – Álvaro de Campos

Eu não possuo o meu corpo [p. 51] – Bernardo Soares (Fragmento 364, Livro do desassossego)

Eu nunca guardei rebanhos [p. 84] – 8.3.1914 – Alberto Caeiro

Gato que brincas na rua [p. 30] – 1.1931 – Fernando Pessoa (Cancioneiro)

Gosto de dizer [p. 171] – Bernardo Soares (Fragmento 259, Livro do desassossego)

Há doenças piores que as doenças [p. 50] – 19.11.1935 – Fernando Pessoa (Cancioneiro)

Há em Lisboa [p. 53] – Prefácio ao "Livro do Desassossego" – s/d – Fernando Pessoa

Há metafísica bastante em não pensar em nada [p. 81] – s/d
– Alberto Caeiro

Intervalo doloroso [p. 75] – Bernardo Soares (Fragmento 80, Livro do desassossego)

Isto [p. 38] – s/d – Fernando Pessoa (Cancioneiro)

Li hoje quase duas páginas [p. 89] – s/d – Alberto Caeiro

Liberdade [p. 96] – s/d – Fernando Pessoa (Cancioneiro)

Lisbon revisited (1923) [p. 77] – 1923 – Álvaro de Campos

Lisbon revisited (1926) [p. 61] – 26.4.1926 – Álvaro de Campos

Mar português [p. 169] – s/d – Fernando Pessoa (Mensagem)

Nasci em um tempo [p. 64] – Bernardo Soares (Fragmento 1, Livro do desassossego)

Natal [p. 92] – s/d – Fernando Pessoa (Cancioneiro)

Noite de São João para além do muro do meu quintal [p. 163] – 12.4.1919 – Alberto Caeiro

Nota autobiográfica [p. 195] – 30 de março de 1935 – Fernando Pessoa

Nunca amamos alguém [p. 143] – Bernardo Soares (Fragmento 112, Livro do desassossego)

Nuvens [p. 33] – Bernardo Soares (Fragmento 204, Livro do desassossego)

O Tejo é mais belo que o rio que corre pela minha aldeia
[p. 170] – s/d – Alberto Caeiro

Opiário [p. 42] – 3.1914 – Álvaro de Campos

Para sentir a delícia e o terror da velocidade [p. 95] –
Bernardo Soares (Fragmento 75, Livro do desassossego)

Passagem das horas [p. 101] – 22.5.1916 – Álvaro de
Campos

Penso às vezes [p. 147] – Bernardo Soares (Fragmento 191,
Livro do desassossego)

Poema em linha reta [p. 20] – s/d – Álvaro de Campos

Quando vim primeiro para Lisboa [p. 161] – Bernardo
Soares (Fragmento 266, Livro do desassossego)

Que espécie de homem sou [p. 17] – 1910 (?) – Fernando
Pessoa

Quem me dera que eu fosse o pó da estrada [p. 74] – s/d –
Alberto Caeiro

Realidade [p. 69] – 15.2.1932 – Álvaro de Campos

Se depois de eu morrer, quiserem escrever a minha biografia
[p. 164] – s/d – Alberto Caeiro

Segue o teu destino [p. 71] – 1.7.1916 – Ricardo Reis

Sinfonia de uma noite inquieta [p. 88] – Bernardo Soares
(Fragmento 32, Livro do desassossego)

Súbita mão de algum fantasma oculto [p. 87] – 14.3.1917 –
Fernando Pessoa (Cancioneiro)

Tabacaria [p. 9] – 15.1.1928 – Álvaro de Campos

Todas as cartas de amor são ridículas [p. 127] – 21.10.1935 – Álvaro de Campos

Tudo se me evapora [p. 36] – Bernardo Soares (Fragmento 213, Livro do desassossego)

---

* Nesta lista há títulos originais, do próprio Fernando Pessoa, e títulos em itálico que o organizador nomeou utilizando, em poesia, seu primeiro verso, e, em prosa, as palavras iniciais do texto.

Biografia*

1888 – Nasce, em Lisboa, Fernando António Nogueira Pessoa, às 15h20 do dia 13 de junho, uma quarta-feira.

1893 – Em janeiro, nasce seu irmão, Jorge; em 13 de julho, morre seu pai, Joaquim de Seabra Pessoa, de tuberculose, aos 43 anos.

1894 – Em 2 de janeiro, morre Jorge; em fins do mesmo mês, a mãe do poeta, Maria Madalena Pinheiro Nogueira Pessoa, conhece o comandante João Miguel Rosa; Fernando Pessoa cria seu primeiro heterônimo, Chevalier de Pas.

1895 – Em 26 de julho, escreve seus primeiros versos, a quadra "À minha querida mamã"; em outubro, o comandante João Miguel Rosa é nomeado cônsul interino em Durban (África do Sul), para onde parte no mês seguinte; em 30 de dezembro, a mãe do poeta casa-se, por procuração, com João Miguel Rosa.

1896 – Em 31 de janeiro, Pessoa e a mãe partem para Durban; em março, ingressa no Saint-Joseph Convent School; em 27 de novembro, nasce Henriqueta Madalena, primeira filha do segundo casamento da mãe de Pessoa.

1898 – Em 22 de outubro, nasce Madalena Henriqueta, segunda filha do casal.

1899 – Em 7 de abril, ingressa no Durban High School.

1900 – Em 11 de janeiro, nasce Luís Miguel, terceiro filho do casal; em 14 de junho, nasce Ophélia Queiroz, que seria a única paixão de Pessoa.

1901 – Em 12 de maio, escreve dois poemas em inglês; em junho, obtém o First Class School Higher Certificate, da

Universidade do Cabo da Boa Esperança; em 25 de junho, morre Madalena Henriqueta; em 1º de agosto, viaja com a família para Portugal – no barco, transportam o corpo da meia-irmã.

1902 – Em 2 de maio, a família embarca para a Ilha Terceira, nos Açores, para visitar parentes da mãe; elabora três números de um jornal de brincadeira, *A Palavra*, publicando o poema "Quando ela passa", assinado por Dr. Pancrácio; em 20 de maio, voltam a Lisboa; em 26 de junho, a mãe e o padrasto embarcam para Durban, com os filhos – Pessoa permanece em Lisboa até 19 de setembro; em 18 de julho, publica seu primeiro poema, "Quando a dor me amargurar", em *O Imparcial*; em outubro, matricula-se na Commercial School.

1903 – Em 17 de janeiro, nasce João Maria, quarto filho do casal; em novembro, faz exame de admissão à Universidade do Cabo e ganha o Prêmio Rainha Vitória para melhor ensaio em inglês, concorrendo com 899 candidatos.

1904 – Em fevereiro, matricula-se no Durban High School; em 16 de agosto, nasce Maria Clara, quinta filha do casal; em dezembro, faz a Intermediate Examination of Arts da Universidade do Cabo.

1905 – Em 20 de agosto, parte sozinho para Lisboa, a fim de matricular-se no Curso Superior de Letras, que passa a frequentar em 2 de outubro.

1906 – Em setembro, sua família parte em férias para Portugal e instala-se, em outubro, na Calçada da Estrela, 100, 1º, para onde o poeta se muda; em 11 de dezembro, morre Maria Clara.

1907 – Em maio, a família regressa a Durban; em junho, abandona o Curso Superior de Letras.

1909 – Em agosto, vai a Portalagre a fim de comprar máquinas para a Empresa Íbis – Tipográfica e Editora, extinta no ano seguinte.

1912 – Em abril, publica na revista *A Águia*, do Porto, seu primeiro artigo de crítica, "A nova poesia portuguesa sociologicamente considerada"; mantém-se colaborador da revista até 1913.

1913 – Em agosto, publica, em *A Águia*, "Na floresta do alheamento", "Do livro do desassossego", em preparação.

1914 – Em fevereiro, publica, em *A Renascença*, *Impressões do Crepúsculo* (os poemas "Ó sino da minha aldeia" e "Pauis"); em 4 de março, escreve o primeiro poema datado de Alberto Caeiro; em junho, escreve a "Ode triunfal", atribuída a Álvaro de Campos; em 12 de junho, as primeiras obras datadas de Ricardo Reis.

1915 – Em 24 de março, sai o primeiro número da revista *Orpheu*, estampando o "drama estático" "O marinheiro" e, de Álvaro de Campos, "Opiário" e "Ode triunfal"; em 6 de maio começa a escrever, em inglês, o poema "Antinous"; em junho, sai o segundo número da *Orpheu*, com "Chuva oblíqua" e "Ode marítima", de Álvaro de Campos; em novembro, a mãe sofre uma trombose cerebral, em Pretória, ficando com o lado esquerdo paralisado.

1918 – Em julho, publica *Antinuous* e *35 Sonnets*.

1919 – Em 7 de outubro, morre em Pretória o padrasto do poeta; em novembro, conhece Ophélia Queiroz.

1920 – Em 30 de janeiro, o jornal inglês *The Athenaeum* publica o poema "Meantime"; em 1º de março, escreve sua primeira carta de amor a Ophélia; em 29 de março, muda--se em definitivo para o 1º andar, direito, nº 16, da rua Coelho da Rocha, onde irá habitar com a mãe e os irmãos, que desembarcam em Lisboa em 30 de março; em maio, os irmãos Luís e João partem para a Inglaterra, onde estudarão e se casarão, mas não terão filhos, morrendo o primeiro em 1975 e o segundo em 1977; em novembro, rompe o namoro com Ophélia.

1921 – Em dezembro, a Olisipo, editora de sua propriedade, publica *English Poems I* e *II* e *English Poems III*.

1922 – Em maio, aparece no primeiro número da revista *Contemporânea* o conto "O banqueiro anarquista"; em julho, na mesma revista, publica "António Boto e o ideal estético em Portugal"; em outubro, "Mar português".

1923 – Em janeiro, publica na *Contemporânea* três poemas em francês; em fevereiro, "Lisbon revisited (1923)"; em 21 de julho, a irmã Henriqueta casa-se e leva a mãe para morar com ela.

1924 – Em outubro, aparecem no primeiro número da revista *Athena*, dirigida por Fernando Pessoa e Rui Vaz, vinte odes de Ricardo Reis.

1925 – Em janeiro ou fevereiro, são publicados na revista *Athena* 16 poemas de Fernando Pessoa; em 17 de março, morre a mãe do poeta; no mesmo mês, no quarto número da *Athena*, publica 23 poemas de Alberto Caeiro; em junho, no quinto e último número, saem 16 "Poemas inconjuntos" de Caeiro.

1926 – Em 25 de janeiro sai o primeiro dos seis números da *Revista de Comércio e Contabilidade*, dirigida pelo cunhado de Pessoa, Francisco José Caetano Dias, casado com Henriqueta, e cujo principal colaborador é o poeta; em junho, publica, na *Contemporânea*, "Lisbon revisited (1926)", de Álvaro de Campos.

1927 – Em 18 de julho, publica na revista *Presença*, de Coimbra, três odes de Ricardo Reis.

1929 – Em abril ou junho sai, em *A Revista*, o primeiro trecho do *Livro do desassossego*, atribuído a Bernardo Soares; em 11 de setembro, retoma a correspondência com Ophélia Queiroz; em dezembro, começa a se corresponder com Aleister Crowley.

1930 – Em 11 de janeiro, escreve a última carta a Ophélia; em junho publica, na revista *Presença*, "Aniversário", de Álvaro de Campos; em 2 de setembro, chega a Lisboa Aleister Crowley, que, 21 dias depois, encena seu "suicídio", com a colaboração de Pessoa e de Augusto Ferreira Gomes.

1932 – Em 16 de setembro, requer, em concurso documental, o lugar de conservador-bibliotecário do Museu-Biblioteca Conde de Castro Guimarães, em Cascais, para o qual é rejeitado; em novembro, publica, em *Presença*, "Autopsicografia".

1933 – Em abril, publica na *Presença* o poema "Isto"; em julho, na mesma revista, sai "Tabacaria", de Álvaro de Campos.

1934 – Em 11 de julho, começa a escrever as *Quadras ao gosto popular*; em 1º de dezembro, aparece *Mensagem*, que ganha o prêmio de "segunda categoria" do Secretariado de Propaganda Nacional.

1935 – Em 21 de outubro, escreve "Todas as cartas de amor são ridículas", último poema datado de Álvaro de Campos; em 13 de novembro, escreve "Vivem em nós inúmeros", último poema datado de Ricardo Reis; em 19 de novembro, escreve "Há doenças piores que as doenças", seu último poema em português datado; em 22 de novembro, escreve "The happy sun is shining" e "Le sourire de tes yeux bleus", últimos poemas em inglês e francês, respectivamente, datados; em 29 de novembro, é internado no Hospital de São Luís dos Franceses, em Lisboa, onde escreve suas últimas palavras: "I know not what tomorrow will bring"; em 30 de novembro, morre, por volta das oito horas da noite; em 2 de dezembro, é enterrado no Cemitério dos Prazeres.

---

* Adaptado de Zenith, Richard. In: Pessoa, Fernando. *Escritos Autobiográficos, Automáticos e de Reflexão Pessoal* (traduções de Manuela Rocha). São Paulo: A Girafa, 2006.

Bibliografia

Pessoa, Fernando. *Obra poética* (vol. único). 20ª reimpressão da 3ª edição (org., introdução e notas de Maria Aliete Galhoz). Rio de Janeiro: Nova Aguilar, 2005.

____. *Obra em prosa* (vol. único). 11ª reimpressão da 3ª edição (org., introdução e notas de Cleonice Berardinelli). Rio de Janeiro: Nova Aguilar, 2005.

____. *Escritos autobiográficos, automáticos e de reflexão pessoal* (edição e posfácio de Richard Zenith, com a colaboração de Manuela Parreira da Silva, e traduções de Manuela Rocha). São Paulo: A Girafa, 2006.

____. *Livro do desassossego.* 2ª reimpressão da 2ª edição (org. de Richard Zenith). São Paulo: Companhia das Letras, 2003.

____. *Poesias ocultistas* (org., seleção e apresentação de João Alves das Neves). São Paulo: Aquariana, 1995.

____. *Poesia de Álvaro de Campos* (org. de Teresa Rita Lopes). São Paulo: Companhia das Letras, 2002.

____. *Ficções do interlúdio* (estabelecimento de texto por Fernando Cabral Martins). São Paulo: Companhia das Letras, 1998.

____. *Mensagem* (estabelecimento de texto por Fernando Cabral Martins). São Paulo: Companhia das Letras, 1998.

____. *Poesia de Alberto Caeiro* (edição crítica de Fernando Cabral Martins e Richard Zenith). São Paulo: Companhia das Letras, 2001.

____. *Aforismos e afins* (edição e prefácio de Richard Zenith e trad. de Manuela Rocha). São Paulo, Companhia das Letras, 2006.

I know not what tomorrow will bring*
(não sei o que trará o amanhã)

---

* Última frase escrita por Fernando Pessoa, no dia 29 de novembro de 1935, num leito do Hospital São Luís dos Franceses, em Lisboa, onde se internou com crises de febre e fortes dores abdominais. O poeta morreria no dia seguinte, por volta das oito horas da noite.

I know not what
tomorrow will bring
(não sei o que trará
o amanhã)

Grafia atualizada segundo o Acordo Ortográfico da Língua Portuguesa de 1990, que entrou em vigor no Brasil em 2009.

Pesquisa de imagem de capa
warrakloureiro

Imagem de capa
Dave Hogan / Getty Images

Revisão
Tereza da Rocha

cip-Brasil. Catalogação na fonte
Sindicato Nacional dos Editores de Livros, rj

P567q
    Pessoa, Fernando, 1888-1935
        Quando fui outro / Fernando Pessoa; seleção e organização dos poemas Luiz Ruffato. — 1ª ed. — Rio de Janeiro: Objetiva, 2011.
        224 p.

    isbn 978-85-7302-804-1

      1. Poesia Portuguesa i. Ruffato, Luiz, 1961-. ii. Título

                                 cdd 869.1
06-2748   cdu 821.134.3-1

15ª reimpressão

[2020]
Todos os direitos desta edição reservados à
editora schwarcz s.a.
Praça Floriano, 19, sala 3001 — Cinelândia
20031-050 — Rio de Janeiro — rj
Telefone: (21) 3993-7510
www.companhiadasletras.com.br
www.blogdacompanhia.com.br
facebook.com/editora.alfaguara
instagram.com/editora_alfaguara
twitter.com/alfaguara_br

1ª EDIÇÃO [2011] 15 reimpressões

ESTA OBRA FOI COMPOSTA EM ADOBE GARAMOND PELA ABREU'S SYSTEM
E IMPRESSA EM OFSETE PELA GEOGRÁFICA SOBRE PAPEL PÓLEN SOFT
DA SUZANO S.A. PARA A EDITORA SCHWARCZ EM MARÇO DE 2020

A marca FSC® é a garantia de que a madeira utilizada na fabricação do papel deste livro provém de florestas que foram gerenciadas de maneira ambientalmente correta, socialmente justa e economicamente viável, além de outras fontes de origem controlada.